le monde oublié

SÉRIE « S.F. JIMMY GUIEU »

Déjà parus

Nº 1 — Au-delà de l'infini
Nº 2 — Les Monstres du néant
Nº 3 — L'Invasion de la Terre
Nº 4 — Les Êtres de feu
Nº 5 — Hantise sur le monde
Nº 6 — Convulsions solaires
Nº 7 — L'univers vivant
Nº 8 — Réseau Dinosaure
Nº 9 — La Dimension X
Nº 10 — Chasseurs d'hommes
Nº 11 — La spirale du temps
Nº 12 — Nous les Martiens

science fiction

SF

JIMMY GUIEU

Grand Prix du Roman Science-Fiction 1954
Prix du Roman Esotérique 1969
Grand Prix du Roman S.F. Claude Auvray 1973

le monde oublié

Plon

Remanié par l'auteur, le présent roman est une adaptation de l'ouvrage paru sous le même titre, en 1954, dans la Collection « Anticipation » des Éditions Fleuve Noir.

Maquette de couverture : Pieri-Dominique Lacombe

ISBN 2-259-00740-6

« Il n'est pas douteux que de grandes civilisations ont précédé les nôtres et pas seulement dans les temps préhistoriques. Rien n'empêche même de croire que les temps préhistoriques ont été précédés eux-mêmes par des époques d'intense civilisation. »

Georges Barbarin.

« ... La glace s'accumule au Pôle Sud... Cette formidable calotte glaciaire qui augmente sans cesse n'est pas exactement centrée et déséquilibre la Terre... La conséquence d'un déplacement de l'axe de rotation de la Terre serait un épouvantable cataclysme... »

Hugh Auchinloss Brown.

CHAPITRE PREMIER

Une irrépressible angoisse tenaillait la population du globe. Dans les rues, sur les places publiques, aussi bien à Paris qu'à Londres ou à New York, la foule manifestait, houleuse et menaçante. Des cris et des imprécations montaient de la cohue à l'adresse des chefs d'Etat.

Dans toutes les capitales du monde, l'agitation grondait.

A Washington, des voitures de police munies de haut-parleurs patrouillaient le long de Constitution Avenue, Pennsylvania Avenue et autres grandes artères conduisant à la Maison-Blanche. Par moments, des groupes de manifestants se voyaient repoussés par les forces de l'ordre qui avaient bien du mal à contenir le flot ininterrompu d'hommes et de femmes brandissant des pancartes de protestation.

Des banderoles en calicot arboraient ces slogans : *We want to live !* (1) *Drop the bombs !* (2).

A Paris, les manifestants descendaient en rangs serrés les Champs-Elysées, stoppant la circulation et créant, tout comme aux U.S.A., en Angleterre et partout ailleurs, des embouteillages gigantesques. Des bagarres avaient fini par éclater, nécessitant l'emploi des lances à incendie pour disperser les manifestants.

Tandis que se développait l'agitation mondiale, à la Maison-Blanche, Franck Budinglow — président des U.S.A. — s'entretenait avec le président Pagès, chef des Etats-Unis d'Europe dont la capitale fédérale était Paris.

Entouré du secrétaire à la Défense et du commandant en chef des Forces Armées, le président Budinglow, assis devant l'écran de télévision montrant le visage anxieux du président Pagès, discutait avec ce dernier des événements qui provoquaient ces troubles.

— Je viens de recevoir un message de l'expédition Kariven-Burton. Les derniers vols de reconnaissance vont avoir lieu. Le dispositif destructeur prévu sera mis en place dès demain, le long et à l'intérieur des côtes antarctiques. Les chefs de l'expédition franco-américaine, Kariven et Burton, seront fin prêts d'ici à quarante-huit heures au plus tard. Toutefois, il nous reste encore à obtenir l'autorisation de Salisbury.

Le visage du président Pagès s'assombrit :

(1) Nous voulons vivre !
(2) Lâchez les bombes !

— Nos envoyés diplomatiques et les vôtres ne sont pas parvenus à fléchir l'entêtement de Carpenter, le président de la Rhodésie, qui influence aussi dans ce sens négatif la Zambie et le Malawi. Manipulée, la population refuse d'évacuer le sud du continent africain et s'oppose à notre projet de destruction de la calotte polaire antarctique.

— C'est insensé ! maugréa Budinglow. les rapports transmis par Kariven et Burton laissent clairement entendre qu'avant trois mois, l'augmentation du volume des glaces entraînera un net ralentissement de la rotation terrestre. Et d'ici à la fin de l'année, non seulement les saisons seront perturbées mais la terre risquera de basculer sur son axe ! Déjà, sa vitesse de rotation ralentit, la durée des jours augmente ; tornades, cyclones et ouragans ont fait leur apparition dans les contrées tempérées des Etats européens.

— Le président Carpenter n'ignore rien de la situation mais il prétend que nos géophysiciens s'affolent prématurément. D'après lui, le volume des glaces se désagrégera sous son propre poids et l'équilibre sera rétabli. Il refuse de faire évacuer la Rhodésie, sachant très bien que nous ne lâcherons pas les bombes H destinées à fondre l'excédent des glaces tant que la population reste en place.

— Nous ne pouvons évidemment pas sacrifier des millions d'innocents entêtés ! grommela le président Budinglow. En larguant nos bombes thermonucléaires, la fonte des glaces fera monter de trois mètres le niveau des océans Pacifique et Atlantique. Toutes les côtes sud-africaines jusqu'à Madagascar seront submergées par un formidable raz de marée ! Seule la Rhodésie refuse l'évacuation déjà commencée dans les pays menacés.

— Attendons encore une semaine et, surtout, le rapport-alarme de nos explorateurs Kariven et Burton, conseilla le président Pagès. Passé ce délai, nous enverrons un ultimatum de dix heures au président Carpenter en précisant que le dispositif destructeur fonctionnera dès l'expiration de ce sursis. Nous ne devrons pas hésiter à appliquer ces mesures extrêmes. Il y va du salut du globe tout entier !

***

Les glaçons du *pack* heurtaient la coque métallique du formidable brise-glace *Ice Flower* ancré dans la Baie des Baleines. Le mastodonte d'acier, long de deux cent dix mètres, large de trente-cinq, ne ressemblait à aucun navire habituel. A l'avant, huit réacteurs orientables en *Céramals* (1), permettaient de projeter des jets de gaz à 900° C.

Cet éventail brûlant fondait la glace, qui se vaporisait instantanément et ouvrait un chenal

(1) *Céramals :* combinaison de céramique et de métaux super-résistants.

dans la banquise où le navire atomique se frayait un passage à la vitesse horaire moyenne de quarante nœuds.

A l'arrière, un dispositif identique rendait possible la fonte des glaces qui se reformaient après le passage du vaisseau.

Des tubulures entouraient le navire pour dégager sa coque en cas de nécessité afin qu'il pût tourner sur lui-même et rebrousser chemin.

L'ensemble des réacteurs périphériques en plein fonctionnement était capable de fondre une ceinture de glace haute de cinquante mètres sur une profondeur de cent mètres, et ce en moins de trente minutes !

L'*Ice Flower*, un bâtiment ultra-moderne entièrement étanche (revêtant l'allure d'une fantastique baleine d'acier affublée de gros « yeux » en plasto-quartz), était mû par un puissant moteur atomique pouvant fonctionner vingt mois avec... cent litres de carburant radioactif seulement !

La Baie des Baleines était le seul endroit de l'Antarctide encore à peu près praticable en cette période d'accroissement des glaces.

A quelque cent mètres de l'*Ice Flower*, sur une partie plate de la grève encombrée par endroits de blocs rocheux erratiques, se dressait le camp de la mission scientifique Kariven-Burton. Trois grands baraquements préfabriqués de l'US Army, flanqués de six hangars, abritaient le matériel de l'expédition franco-américaine. Une immense antenne d'émission pointait son mât maintenu par des tendeurs d'acier encastrés dans le roc. A perte de vue s'étendait un morne paysage blanc au relief tourmenté, craquelé, bosselé qui, à l'horizon, se confondait avec le ciel grisâtre.

Sous les hangars rectangulaires, deux grands hélicoptères Boeing Vertol CH-46D Sea Knight et un minuscule Bell biplace recevaient les soins d'une équipe de rampants chaudement emmitouflés. Des mécanos s'affairaient autour de trois robustes *Waesels* (1) portant sur le capot l'étoile blanche des véhicules militaires américains.

Dans le bâtiment central surmonté du drapeau tricolore et de la bannière étoilée, le Dr Jean Kariven et Ronny Burton tenaient une réunion en présence des savants et techniciens devant participer à la dernière mission de reconnaissance.

Agé d'une trentaine d'années, Kariven (très brun, fine moustache) jouait machinalement avec son paquet de cigarettes MS, tout en promenant son regard franc sur les hommes rassemblés. Anthropopaléontologue mais aussi docteur en médecine, son expédition au Tibet et ses recherches hors de nos dimensions ou dans

(1) *Waesel :* sorte d'autochenille spécialement conçue pour rouler sur la glace et la neige, résistant parfaitement au terrible climat polaire.

un fabuleux passé (1) l'avaient rendu célèbre. Principal organisateur de la mission où il jouait le rôle de médecin, Kariven dirigeait l'expédition au même titre que son ami le géophysicien Ronny Burton. Leur équipe homogène devait recueillir l'ensemble des informations pratiques qui allaient permettre la destruction des trois quarts de la calotte glaciaire.

Ronny Burton, géophysicien du Carnegie Institute de Washington, de trois ans l'aîné de Kariven, était un Texan blond, au visage rougeaud tavelé de taches de rousseur ; tous deux formaient une paire d'amis de longue date.

Malgré le radiateur à alcool qui brûlait en ronronnant, les techniciens assis sur des bancs à dossier avaient conservé leur épais blouson de nylon. Leurs lourdes combinaisons polaires, chauffées électriquement, étaient accrochées au mur.

Après l'exposé du géophysicien sur le plan de campagne en cours, Jean Kariven aborda la conclusion :

— Les explorations qui se sont déroulées durant ce dernier mois de l'année ont été particulièrement riches en enseignements. Les milliers de photos aériennes prises au jour le jour auraient pu nous permettre d'établir une carte précise de l'Antarctide, mais les événements qui vont suivre ne nous en donneront pas

(1) Cf. : *La Dimension X, La Spirale du Temps*, même auteur, même collection.

l'occasion. Après l'explosion du chapelet de bombes atomiques réparties autour du continent, l'Antarctide ne sera plus reconnaissable. Mais qu'importe ! La rotation de la planète, perturbée par le gigantesque contrepoids de la calotte polaire sud, redeviendra normale et le monde sera sauvé.

« Les clichés que nous allons prendre aujourd'hui au-dessus de la dernière région inexplorée seront peut-être les seuls utilisables ultérieurement car ils englobent une portion de territoire montagneux susceptible de résister à la destruction.

« Les derniers relevés faits au magnétomètre (1) rendront possible l'établissement d'un graphique de comparaison entre l'épaisseur des glaces enregistrée voilà dix ans et leur épaisseur actuelle. J'espère que ce relevé, dans son alarmante précision, décidera le président Carpenter à faire évacuer la Rhodésie.

Le Dr Jean Kariven leva le poignet et dégagea son chronographe de dessous l'épaisse manche de son blouson fourré.

— Il est quatorze heures, Messieurs. Préparez vos instruments et rendez-vous au hangar 2. Départ dans trente minutes.

(1) Appareil électromagnétique capable de relever la configuration d'un terrain enfoui sous des centaines de mètres de glace — dont il mesure exactement l'épaisseur — ceci à la vitesse de l'avion qui en est muni. Il détecte les variations du champ magnétique terrestre de 1 à 70 000 gamma ! (unité d'intensité).

***

Engoncés dans leur énorme combinaison chauffante noire — très visible dans l'éternelle blancheur polaire — les techniciens munis de caméras, de sextants, d'appareils photographiques, de jumelles prismatiques et autres instruments, se dirigèrent vers le hangar 2.

Des bandes de manchots (1) empereurs (les adultes hauts de un mètre vingt), l'air sérieux dans leur robe noire à plastron blanc, les regardaient tranquillement passer sans se douter que ces intrus allaient bientôt bouleverser leurs *Rookeries* (colonies) et tout le continent !

Jean Kariven et Ronny Burton, dans leur épaisse combinaison dont le capuchon ourlé de fourrure en *Orlon* dissimulait presque entièrement le visage, grimpèrent dans l'hélicoptère Bell et refermèrent sur eux le globe du cockpit.

Les techniciens, courbés sous les assauts du vent, s'engagèrent un à un dans le grand hélicoptère Sea Knight. A chaque extrémité de la carlingue, une immense hélice tripale assurait une sustentation parfaite.

Convenablement « chauffés » par les mécanos, les deux appareils s'élevèrent presque à la verticale en soulevant autour d'eux un nuage de particules de glace aussitôt dispersées en tor-

(1) Souvent improprement appelés « pingouins » (ces derniers ne vivant que dans les régions arctiques).

nade et, rapidement, ils mirent le cap sur le sud-sud-ouest.

Des mouettes Skua, par nuées, s'égaillèrent dans le ciel bas et quelques manchots s'enfuirent en se dandinant ou en se tortillant à plat ventre sur la glace.

A la pointe nord-ouest de la Baie des Baleines, sur l'île Ross prisonnière de la banquise, le volcan Erébus vomissait un panache de fumée corrosive par son dôme à trois cratères. Quoique cela pût surprendre, un lent travail volcanique s'effectuait sous la calotte glaciaire de l'Antarctide. Des séismes, et probablement aussi des éruptions, s'y produisaient parfois, phénomènes géothermiques insuffisants pour entraver le dangereux accroissement du contrepoids glaciaire qui menaçait de détruire l'équilibre terrestre.

L'imposant Sea Knight précédé par le petit hélicoptère Bell s'enfonçait dans une véritable mer de nuages rosés, trouée par des éclaircies mouvantes.

Bientôt, le camp et les cônes du mont Erébus en arrière-plan s'estompèrent. Des rafales d'une violence inouïe secouaient parfois brutalement le Bell qui, après un tangage inquiétant, reprenait son vol régulier.

Aux commandes, le Dr Kariven rajusta son laryngophone et contacta le biologiste Billy Mc Murray, pilote du Sea Knight que tous appelaient Mac et non Billy comme il eût été normal de le faire.

— Allô, Mac... Allô, Mac ?

— Mac à l'écoute. Parlez, Kary...

— Nous allons monter de cinq cents mètres afin de sortir de cette mélasse. Ne perdez pas de vue notre zinc. Terminé.

Les deux hélicoptères grimpèrent rapidement et ils émergèrent au-dessus du plafond nuageux. La morne étendue blanche du matelas floconneux apparut, creusée par endroits par des pics rocheux enrobés de glace à reflets bleutés.

Très bas sur l'horizon le soleil, disque pâle auréolé d'une couronne diaphane orangée, éclairait l'Antarctide d'une lumière étrange, tirant parfois sur le vert. Plein sud, les fantastiques draperies polychromes d'une aurore polaire flamboyaient en ondoyant dans les nues. Au zénith, et avec l'altitude, le ciel paraissait rouge.

Au bout d'une heure de vol, les nuages se dissipèrent pour montrer un paysage chaotique. Dans une extraordinaire profusion de couleurs, au milieu d'ombres rouges et mordorées, des montagnes scintillantes, incrustées de névés, défilèrent.

Les topographes, météorologistes et caméramen se mirent au travail tandis que les pilotes ralentissaient la vitesse des hélicoptères.

Les opérateurs déclenchèrent les obturateurs des appareils photographiques spéciaux capables de photographier, avec leurs cinq objectifs couplés, une immense étendue de terrain. Conjointement, les magnétomètres relevaient la plus infime dénivellation afin d'établir la carte en relief de l'Antarctide... avant sa destruction quasi totale par les bombes atomiques.

Ronny Burton jeta un coup d'œil à sa montre. Afin de couvrir le bruit du moteur, il haussa la voix pour déclarer à son ami :

— Je ne suis pas fâché d'effectuer le vol final de la mission, Kary. Après avoir filmé ce dernier coin inexploré, nous pourrons plier bagages et rentrer chez nous. Quel pays !... De la glace, encore de la glace et toujours de la glace. J'en ai ras le bol !

Le Français sourit :

— Je pense à mon ami Jacques Maillot, le directeur de *Nouvelles Frontières* et *Touraventure* qui, avec son esprit de pionnier, est sûrement prêt à promouvoir un circuit touristique dans ces terres de désolation... sitôt que nous les aurons débarrassées de leur pack glaciaire ! Au fin fond du Tibet, j'ai rencontré l'un de ses « éclaireurs » — une fille adorable (1) qui préparait l'itinéraire du premier circuit touristique tibétain alors que le Tibet était encore fermé aux Occidentaux ! Une initiative anticipée mais très opportune puisque notre président Giscard d'Estaing a, en quelque sorte, ouvert la voie du tourisme au Tibet en visitant Lhassa en octobre dernier !...

Il se pencha brusquement à gauche, le front touchant presque le cockpit et s'exclama :

(1) Cf. *La Dimension X*, même auteur, même collection.

— Eh ! Mac ! Mais c'est un homme qui marche dans cette vallée !

— Un homme ? Tu rigoles, Kary ! Le thermomètre extérieur marque moins quarante degrés !

L'Américain s'empara des jumelles et poussa soudain un « merde ! » retentissant en apercevant effectivement, sur le fond blanc d'une vallée, un homme peinant contre le vent, trébuchant, tombant puis se relevant pour reprendre sa marche vacillante. Vu de si haut et même grossi par les jumelles, il n'était pas plus gros qu'un bébé manchot empereur !

Bizarrement oppressé, le Dr Kariven cligna des yeux et regarda de nouveau. Il voyait le mystérieux inconnu et le paysage environnant devenir progressivement rose. L'hélicoptère eut des ratés et tangua.

— Le voile rose ! cria-t-il. Descendons et posons-nous sur cette plaine.

Ce phénomène insolite, qui teintait de rose les êtres et les choses au cours des vols à haute altitude dans l'Antarctide, était le signe avant-coureur d'une diminution de l'oxygène.

Le continent polaire sud, déjà très élevé (2 500 à 3 000 mètres au-dessus du niveau de la mer), présentait fréquemment ce redoutable danger lorsqu'on survolait ses chaînes montagneuses aux trois quarts inviolées.

Mis au courant de l'incident, et subissant lui aussi l'altération des couleurs, Billy Mc Murray suivit le minuscule hélicoptère Bell et se posa avec douceur sur le double train d'atterrissage monté sur skis.

A l'entrée de la vallée, large de sept cents mètres environ, la glace était à peu près nivelée. De hautes montagnes s'étendaient à droite et à gauche, à perte de vue. Groupés autour de leurs chefs d'expédition, les douze hommes du Sea Knight commentaient l'événement en suivant à la jumelle l'inconnu qui s'estompait à l'horizon.

— Il a disparu derrière un amoncellement de rocs... ou de blocs de glace, nota Mc Murray ; je ne sais pas au juste. Tout est blanc, dans ce foutu pays !

— Fred et Johnny, restez à bord de votre appareil, décréta le médecin. Vous relayerez nos émissions éventuelles jusqu'au camp : nous emportons un talkie-walkie. Relevez notre position et transmettez que nous avons atterri pour effectuer des recherches et... pister un... quidam ! Et tant pis si, au camp, les copains vont croire que nous sommes dingues !

Kariven et Burton prirent la tête du petit groupe formé par les huit techniciens et s'avancèrent sur le sol glacé, troué de fissures. Un blizzard cinglant leur fouettait le visage. A moins 35 °C, l'air mordant « brûlait » littéralement les poumons.

Les combinaisons chauffantes — aux résistances alimentées par batteries — mettaient douillettement le corps à l'abri du terrible froid extérieur. Le nuage de vapeur blanche qu'exhalaient la bouche et les narines des explorateurs se condensait instantanément en fines particules de glace qui recouvraient rapidement leur masque d'une couche brillante, solide.

Les hurlements du vent qui s'engouffrait dans la vallée miroitante les obligeaient à crier pour se faire entendre.

En bandoulière, le talkie-walkie de Kariven était tapissé d'une pellicule blanche. Sa combinaison noire se zébrait de cristaux scintillants, charriés par le vent, qui insensiblement s'accumulaient dans les replis du tissu. Courbés sous la poussée du blizzard, les hommes et leurs deux chefs arrivèrent devant un énorme bloc irisé bouchant une partie de la vallée.

Sur le sol gelé, des empreintes de pas non encore nivelées par le vent étaient nettement visibles. En les suivant, les explorateurs polaires furent conduits jusqu'à une gigantesque caverne s'ouvrant, à droite, dans la falaise de glace bleue.

— « Il » est entré là ! reconnut Burton tandis que Kariven, par radio, indiquait leur position aux hommes de l'hélicoptère.

— J'ai rencontré des ermites au Tibet, annonça le médecin. Ils avaient des racines et du lichen pour subsister, à défaut de riz. Mais ici, dans cette désolation glacée, de quoi peut donc vivre ce bonhomme ?

— Allons le lui demander, conseilla Burton en escaladant une éminence menant à la caverne.

Haute de quarante mètres, large de vingt-cinq, cette grotte naturelle s'enfonçait sous la muraille de glace et descendait en pente douce. Ses parois bleutées irradiaient une étrange lumière blafarde. Un calme et un silence écrasant régnaient à l'intérieur, contrastant avec les sifflements du blizzard qui, au-dehors, geignait comme une horde de furies. Le froid y était aussi moins rigoureux.

Kariven dégrafa son masque souple et le rabattit sous son menton. Des glaçons s'en détachèrent et tombèrent sur le sol gelé avec un bruit cristallin. Le thermomètre circulaire que le biologiste Mc Murray portait sur le plastron de sa combinaison accusait moins 15 °C, soit 20 degrés de plus qu'à l'extérieur.

Au fur et à mesure qu'ils avançaient, trébuchant et glissant sur les cristaux de glace, la lumière du jour s'atténuait pour céder la place à une obscurité croissante. Les parois de la caverne se rapprochaient parfois pour devenir un étroit corridor sombre qui, dix ou quinze mètres plus loin, s'élargissait de nouveau.

Le Dr Kariven alluma une torche électrique et conseilla à l'homme qui fermait la marche d'utiliser également la sienne ; les autres, ainsi éclairés, conserveraient la leur en réserve, prête à toute éventualité.

Lorsqu'ils s'arrêtaient pour scruter les traces du mystérieux ermite, les explorateurs percevaient une sorte de clapotis régulier, rapide et cadencé. Intrigués, ils promenèrent le pinceau lumineux de leurs torches sur la voûte de glace bleue. Du plafond, des stalactites étincelantes laissaient tomber un chapelet de gouttes d'eau qui s'écrasaient sur des stalagmites trapues.

— Ces formations calcaires, expliqua le géophysicien Burton, datent probablement de centaines de millénaires. Ces orgues et ces draperies miroitantes sont figées dans leurs formes primitives depuis que... Mais je dis des bêtises ! se reprit-il brusquement. Les gouttes d'eau qui perlent à la pointe des stalactites devraient tomber à intervalles assez éloignés... alors qu'elles pleuvent en chapelets rapides !

— Et vous en déduisez ? s'enquit Mc Murray intrigué.

— Que ces formations se renouvellent parce qu'elles fondent trop vite ! Si l'ensemble de cette caverne a un passé multimillénaire, sa forme n'est pas immuable ; elle se modifie graduellement car sa température ambiante n'est pas assez basse pour entretenir une glaciation perpétuelle !

— Exact ! convint Kariven en regardant le thermomètre de Mc Murray. A l'entrée de la caverne, nous avions moins quinze degrés. Ici, à neuf cents mètres de l'extérieur, il n'y a que zéro ! La température des parois ne doit être inférieure que de quelques degrés. Leur surface fond par endroits...

— Nous avons constamment descendu au cours de notre progression. Il doit exister une source de chaleur souterraine. Cela n'est d'ailleurs pas surprenant. Le sous-sol de l'Antarctide est encore en période évolutive. Le cratère en activité du mont Erébus, sur l'île Ross, en atteste. Le volcan Terror, en activité temporaire, témoigne lui aussi de cet état de convulsion. Si au moins cela suffisait pour faire fondre l'excédent des glaces sans qu'il soit besoin d'utiliser les bombes atomiques !

— Hélas, il ne faut pas y compter. Nous n'avons pas le temps d'étudier ces phénomènes géophysiques. Avançons.

Du plafond hérissé de stalactites, les gouttelettes tombaient maintenant avec une fréquence plus marquée. Bientôt, elles formèrent une véritable pluie glacée qui ruisselait sur les combinaisons et collait au visage la fourrure en Orlon bordant le capuchon.

Descendant toujours, pataugeant dans une boue froide, les explorateurs suivirent un étroit corridor de glace fondante.

— Eteignez les torches, conseilla Kariven.

L'obscurité se fit. En revanche, par le boyau qui s'enfonçait à angle droit, une lueur diffuse éclairait faiblement la paroi opposée. Prudemment, les explorateurs marchèrent vers cette lumière. Arrivés au coude du boyau, ils se penchèrent et virent, cent à cent cinquante mètres plus bas, l'extrémité d'une pente raide inondée de lumière.

Un bruit de chute et un gémissement étouffé attirèrent leur attention.

— Notre homme a dû se rompre les os ! fit Burton en emboîtant le pas au médecin qui s'engageait avec précaution dans le souterrain glissant.

S'aidant des mains contre la paroi, de *roche nue maintenant*, ils descendaient lentement. La moindre fausse manœuvre les eût précipités au bas de la pente. L'eau qui suintait des murs et du plafond de la faille naturelle courait en ruisselet entre les pierres du sol.

D'un geste machinal, Kariven coupa le contact des résistances chauffantes de sa combinaison. Il commençait à transpirer !

Se retournant pour faire part de cette curieuse constatation à Burton, il vit que ce dernier, et les autres à sa suite, l'imitait. Le thermomètre marquait plus 6°. Les chaudes combinaisons fourrées suffisaient amplement à les préserver de cette température dérisoire.

Les gémissements devinrent plus distincts.

Kariven atteignit le premier le bas de la pente. C'est avec une exclamation d'incrédulité qu'il accueillit l'Américain. Celui-ci le trouva penché sur un corps étendu. Burton s'accroupit aussi et l'aida à retourner l'homme, blessé dans sa chute.

— Bon Dieu, mais... C'est un Indien, un Peau-Rouge !

— Disons qu'il a le teint fortement cuivré, concéda le médecin non moins étonné.

L'homme, un solide vieillard imberbe, au masque ridé et crispé par la souffrance, geignait sourdement. Sa tête avait dû heurter un rocher. Il était vêtu d'une espèce de canadienne brunâtre, d'un pantalon bleu brillant et chaussé de curieuses bottes blanches incrustées de pierreries multicolores.

Kariven l'examina et diagnostica une fracture du tibia droit. L'homme rouge portait également une blessure à la nuque, mais sans gravité celle-là. Le médecin introduisit le goulot d'un flask de whisky entre les lèvres du blessé et le força à boire quelques gorgées d'alcool.

L'homme dodelina de la tête, serra les dents et, dans une grimace dégoûtée, il eut une quinte de toux. Il fit un effort pour se relever, mais sa jambe douloureuse lui arracha un cri rauque. Il ouvrit tout à fait les yeux et, stupéfait à son tour, il contempla les explorateurs. Il scruta leur visage blanc, détailla leurs lourdes combinaisons ruisselantes d'eau et murmura quelques mots.

Kariven et Burton s'entre-regardèrent, de plus en plus étonnés.

— Mais c'est de l'anglais, constata Burton en ouvrant de grands yeux.

— Naturellement, rétorqua un cameraman. Ce type est un Peau-Rouge. Vous pensiez qu'il allait parler javanais.

— Cet homme a le teint cuivré, répéta Kariven, mais son faciès n'est pas celui d'un Indien... Son nez, ses cheveux, ses traits en général et son angle facial sont caractéristiques. Il s'agit d'un Européen... d'un Grec peut-être. Qu'en pensez-vous, Mac ?

— D'accord avec vous, Kary. A priori, j'avoue qu'on pourrait le prendre pour un Cheyenne. Mais ce gars-là, sa pigmentation mise à part, ressemble davantage à un Méditerranéen qu'à un Peau-Rouge.

— Les Méditerranéens, Grecs ou non, ne présentent jamais une telle couleur de peau... Bah ! Laissons ces questions oiseuses et occupons-nous de ce pauvre type... Transportons-le au camp.

Le blessé secoua la tête et, dans un anglais à l'accent insolite, il murmura vivement :

— Non ! Laissez-moi... Retournez d'où vous venez.

— Il n'en est pas question, répondit Kariven. Si nous vous laissions dans cet état et en ce lieu, vous ne vivriez pas longtemps.

L'homme rouge secoua énergiquement la tête, protesta et, voyant que ces Blancs le soulevaient, il jeta un regard désespéré en direction de la lumière. Cela intrigua le médecin. Il ordonna à son équipe de patienter et s'avança jusqu'à l'extrémité du boyau.

Le corridor se terminait sur une corniche, à flanc de montagne.

Là, un spectacle ahurissant l'attendait.

Sous ses yeux, huit cents mètres en contrebas d'une falaise jaunâtre, s'étendait une riante vallée ! Une rivière coulait mollement entre des rochers et se perdait au milieu d'une verte forêt aux arbres étranges. Au pied de la falaise, à quelques kilomètres de la grotte occupée par les explorateurs, se dressait une ville aux maisons rouges, scintillantes. Sur une colossale pyramide tronquée, une sorte de temple à colonnades dominait la cité. Des immeubles écarlates aux lignes élancées, ornés de fresques rutilantes et aux toits en terrasses couvertes de jardins, composaient cette ville fantastique.

Un réseau de câbles rouges, encastrés dans le roc et soutenus par de gigantesques pylônes en travers de la vallée, s'entrecroisaient en figures géométriques à trois cents mètres du sol.

Ces câbles énigmatiques dessinaient une infinité de rectangles géants. A chacune de leurs intersections pendait une chaîne retenant une coupole dont la concavité était dirigée vers le bas.

— Mac, Burton, venez ! appela Kariven la gorge serrée par l'émotion. Une oasis dans l'Antarctide ! C'est... absolument incroyable !

Un épais plafond de nuages coiffait cette vallée singulière qui s'enfonçait profondément entre deux très hautes montagnes éloignées l'une de l'autre d'une dizaine de kilomètres.

Le soleil, que tamisait ce matelas nuageux, éclairait parcimonieusement le féerique paysage.

— Incroyable ! répéta à son tour Ronny Burton. Plusieurs expéditions auraient pu survoler cette région sans soupçonner l'existence de cette extraordinaire oasis.

— Effectivement. Même avec des jumelles nous ne l'aurions pas décelée... Mais, si la brume et les nuages qui obstruent le sommet de la vallée sont permanents, comment une telle végétation « tropicale » a-t-elle pu se développer ?

Le vieillard à peau rouge, que tous les hommes avaient abandonné pour venir jusqu'au bord de la corniche, se haussa sur un coude et déclara à haute voix :

— Infrarouge...

Kariven, Burton, Mac et les autres membres de l'expédition se retournèrent, interrogateurs.

— Les végétaux de la *Vallée Heureuse,* poursuivit le vieillard, croissent grâce à ces milliers de projecteurs à rayons infrarouges suspendus au-dessus d'eux.

Le médecin retourna auprès de lui et ouvrit pensivement la trousse en cuir accrochée à la ceinture de sa combinaison. Il en retira une pharmacie de campagne et se mit en devoir de laver la plaie du blessé. Aidé par Mc Murray, il réduisit ensuite la fracture du tibia et, après avoir offert une gorgée de whisky à son patient, il l'interrogea :

— Qui êtes-vous ?

— Mon nom est Poklos, répondit l'inconnu après une courte hésitation.

Peu satisfait, Kariven hocha la tête et présenta ses amis avant de poursuivre :

— Vous reconnaîtrez, Poklos, que nous sommes en droit d'en savoir un peu plus long sur vous et sur cette... Vallée Heureuse, comme vous l'avez appelée tout à l'heure.

L'homme rouge le regarda en souriant mais il

fit bientôt une grimace en essayant de bouger sa jambe droite.

— Merci pour votre aide, Karven...

— Kariven, rectifia le médecin ; ou Kary, si vous préférez...

— Croyez-moi, Kary, reprit le blessé. Laissez-moi ici. « On » viendra me chercher... Vous avez fait preuve d'humanité en accourant à mon secours mais, dans votre intérêt, éloignez-vous de cette vallée... Je suis vraiment désolé de ne pouvoir vous rendre le bien que vous m'avez fait. Laissez-moi...

Poklos réfléchit, se ravisa et extirpa de sa poche un sachet brillant comme du lamé argent.

— Tenez, gardez ceci... et ne l'ouvrez qu'après être sortis du *Couloir de la Mort.* Nous appelons ainsi ce boyau qui mène à l'Enfer de glace...

Sans songer à respecter cette énigmatique injonction, Kariven fit glisser le lacet fermant le sachet et versa le contenu dans le creux de sa main. Un flot de grosses pierres, vertes, rouges et blanches, toutes limpides, s'amoncela dans sa paume ouverte.

— Des émeraudes, des rubis, des diamants ! s'extasia Burton au comble de l'étonnement.

La lumière, jouant sur les myriades de facettes, faisait étinceler ces inestimables joyaux de mille feux chamarrés.

— Vous n'auriez pas dû, reprocha doucement le vieillard.

Le médecin remis les gemmes dans le sachet

et le rendit au mystérieux blessé. Il essaya de plaisanter mais ce don stupéfiant le fit bredouiller :

— Je ne... je ne puis accepter de tels honoraires, Poklos ! Vous m'offrez une fortune pour quelques menus soins désintéressés.

Poklos, d'un geste, refusa :

— Ceci n'est rien pour moi. Gardez ce sachet et fuyez avant qu'*ils* ne me retrouvent. Je pourrais difficilement expliquer votre présence dans le Couloir de la Mort. C'est tellement inattendu.

— Kary ! s'écria Burton qui revenait de la corniche. Un groupe d'hommes rouges, armés d'instruments bizarres, escalade les éboulis menant à ce boyau.

— Laissez-moi ! chuchota Poklos effrayé. Fuyez, amis... Vous ne pouvez pas savoir... Fuyez !

CHAPITRE II

Une quinzaine d'hommes rouges vêtus d'un pagne bleu ou d'une sorte de toge blanche comme en portaient les Romains grimpaient lestement les éboulis rocheux menant à la caverne. Chaussés de cothurnes à semelles souples, ils s'aidaient parfois du manche de leur lance pour assurer leur marche. Dans leur main gauche brillait un tube métallique renflé en son milieu.

Mc Murray dégaina lentement son colt 45 et s'apprêta à ramper vers la corniche. Kariven posa la main sur son épaule et chuchota :

— *Take it easy,* Mac (1) !

— Il est encore temps, amis, fuyez ! supplia Poklos.

A ce moment, trois têtes rouges émergèrent à ras de la corniche. Une immense stupeur fit agrandir les yeux et s'ouvrir la bouche des mystérieux habitants de la Vallée Heureuse. Ils

(1) Ne t'emballe pas, Mac.

se retournèrent, lancèrent aux autres quelques mots hachés et, d'un rétablissement, se hissèrent sur la plate-forme rocheuse en brandissant leurs lances et leurs tubes étincelants.

— Ne tirez pas ! ordonna Poklos en anglais à ses sauveurs puis, dans une langue incompréhensible pour eux, il parla aux hommes de sa race.

Lorsque ceux-ci reconnurent la voix du vieillard et l'aperçurent, étendu sur le sol de la caverne, ils se calmèrent en lui témoignant des marques de respect.

Poklos fut soulevé par deux Rouges herculéens et transporté avec précaution au bord de la corniche. Avant d'être descendu par d'autres hommes en attente sur les éboulis, le vieillard eut le temps de lancer :

— Trop tard, amis ! Pour votre salut, ne résistez pas !

De leur lance, les Rouges désignèrent la plate-forme aux explorateurs et les poussèrent sans ménagement. Dans leurs yeux se mêlaient la colère et l'étonnement. Burton essaya de leur parler en anglais mais il ne reçut aucune réponse. Poklos était-il donc le seul à comprendre cette langue ?

Tous se firent une raison et, en maugréant, ils commencèrent à descendre les dangereux éboulis. Sous leurs pas, les pierres dévalaient la pente et rendaient la marche périlleuse. Les combinaisons polaires, dans cette vallée où la température accusait plus 30°, les handicapaient sérieusement. Leurs mouvements, entravés par l'épaisseur de la fourrure, s'avéraient difficiles.

Plusieurs Américains trébuchèrent, cabriolèrent dans un nuage de poussière blanchâtre et ne s'arrêtèrent que cinquante mètres plus bas. Leur épaisse combinaison, heureusement, les avaient protégés.

Des vergers, des champs de blé et de légumes s'étendaient à perte de vue de part et d'autre du cours d'eau. De gigantesques bacs métalliques rectangulaires tapissaient, en gradins, les versants de la vallée. Chaque bac, long d'au moins deux cents mètres sur vingt mètres de large, entretenait des végétaux que l'éloignement empêchait de reconnaître.

Le réseau de câbles entrecroisés retenant les coupoles génératrices de rayons infrarouges suivait de très haut la courbe du terrain et s'avançait jusqu'au dernier gradin, à plus de six cents mètres de hauteur.

Les membres de l'expédition arrivèrent enfin en bas des éboulis et, suant sang et eau, ils longèrent le bord de la rivière sous la conduite des hommes cuivrés.

Une route dallée de pierres rectangulaires les amena à un arc de triomphe sculpté. Des plaques en métal rouge brillant le recouvraient. Les sculptures — des scènes de batailles pour la plupart — étaient taillées dans la masse même du métal. Tous les bâtiments de la singulière cité présentaient un revêtement similaire.

Ainsi parées de métal écarlate, les constructions cubiques ressemblaient à un entassement de rubis chatoyants dont certaines facettes — les terrasses verdoyantes — auraient arboré la couleur de l'émeraude. Au sommet de la pyramide tronquée, un temple dominait la ville et projetait son ombre allongée sur tout un quartier.

Poklos dit quelques mots à ses porteurs, qui obliquèrent à gauche et gravirent les marches d'un imposant bâtiment à colonnes.

Les rares Rouges rencontrés, également drapés dans des toges ou vêtus d'une tunique bleue, témoignèrent d'une grande surprise en voyant arriver ces hommes blancs engoncés dans leur combinaison disgracieuse.

Le groupe pénétra dans une salle aux proportions babyloniennes. Des colonnes de porphyre à chapiteau soutenaient un plafond bleuté. Les murs opalescents ornés de bas-reliefs et le parquet dallé de marbre rose étaient un enchantement. Des tubes lumineux formant le cadre des larges baies vitrées suppléaient au pâle éclat du soleil blafard et paraient l'ensemble d'une étonnante splendeur.

Sur le dallage en marbre, les pas résonnaient comme dans une cathédrale.

A l'extrémité de ce hall titanesque s'ouvrait une autre pièce, aux dimensions moindres, mais aussi impressionnante par son agencement et par sa délicate décoration.

Deux sentinelles armées de lances et de l'énigmatique tube montaient la garde à son entrée.

Au centre de cette nouvelle salle, au parquet de porphyre vert, se dressait une fontaine en quartz rose. Sur un volumineux bloc en cristal de roche — baignant dans une vasque concave — crachotait un jet d'eau. Dans l'onde fraîche nageaient de nombreux poissons exotiques aux nageoires irisées, frangées, agitées de mouvements souples et nimbées de tons allant du rouge vif au bleu-vert dégradé.

Le plafond et les murs émettaient une reposante clarté qui se mariait harmonieusement avec l'éclat d'un mur de façade en cristal.

Poklos fut déposé doucement sur un lit bas, aux pieds sculptés dans un bois noir incrusté d'or.

Après une brève conversation avec les hommes rouges, le vieillard les renvoya. Il demeura seul avec les explorateurs qui se débarrassèrent enfin de leur pesante combinaison.

Kariven déposa le talkie-walkie sur le sol et, assis sur un tapis soyeux, il étira l'antenne télescopique.

— Vous ne serez pas capté, Kariven, l'avertit Poklos. La Vallée Heureuse est bordée de montagnes hautes de six mille mètres et l'intensité du champ magnétique, plus élevé ici que partout ailleurs dans le monde, interdit toute communication avec le Monde Extérieur... avec ce type d'appareil tout au moins. Nous avons eu nous-mêmes beaucoup de peine à surmonter ces difficultés, mais nous y sommes parvenus. Nous n'utilisons pas d'émetteur à grande puissance, bien que cela nous soit possible. Jusqu'ici, les relations avec la civilisation extérieure n'étaient d'aucune utilité pour nous. Par contre, nos récepteurs spéciaux nous permettent de capter toutes vos émissions... Mais avec ce poste, croyez-moi, vous n'arriverez à aucun résultat.

Le médecin essaya malgré tout. Il entendit un grésillement continu dans l'écouteur et renfonça rageusement l'antenne.

— Que comptez-vous faire de nous ?

Poklos eut un maigre sourire :

— Il ne m'appartient plus de prendre une décision à votre sujet, amis. Vous êtes les premiers et les derniers Blancs à avoir pénétré dans notre antique cité.. Votre sort dépend maintenant de Morkos... plus que de moi-même.

Deux hommes rouges, porteurs d'une mallette en matière brunâtre, entrèrent et, après s'être inclinés devant le blessé, ils examinèrent sa tête et sa jambe droite. Ils sortirent divers instruments et flacons afin de lui dispenser les soins que nécessitait son état.

Les deux praticiens jugèrent en connaisseurs — et même apprécièrent — la réduction de la fracture opérée par Kariven et Mc Murray. Les médecins rouges appliquèrent un nouveau pansement contre le tibia et ligaturèrent le membre avec les plaquettes chromées utilisées précédemment par les explorateurs. Ensuite, ils administrèrent au vieillard un puissant tonique et des pilules activant la recalcification.

Après leur départ, Kariven se rapprocha de Poklos et s'informa :

— Pardonnez-moi d'insister, mais qui êtes-vous au juste, et comment nous avez-vous compris alors que vos semblables ne parlent pas l'anglais ?

— Je suis le chef, le Patriarche de la Vallée Heureuse. Avant de répondre à votre seconde question je dois vous expliquer, par exemple, pourquoi vous courez plus de danger aujourd'hui que si vous étiez arrivés il y a seulement quatre ans. Je vais d'abord vous révéler l'origine de notre communauté. Aussi fantastique que cela puisse vous paraître, sachez que vous, les Blancs, et nous, les Rouges, *nous sommes tous des... Martiens.*

Mc Murray bondit littéralement :

— Des Martiens ?... La fièvre vous fait délirer !

Le vieillard secoua la tête avec bonhomie :

— Je ne délire point et mes paroles sont sensées. Laissez-moi poursuivre. Il y a environ trois cent mille ans — ou même plus, peut-être — une comète à noyau solide, Yahoun, entra dans le système solaire et menaça la planète Mars. A cette lointaine époque, Mars possédait une civilisation supra-évoluée. Les Martiens, devant la catastrophe imminente qu'allait causer l'astre perturbateur, embarquèrent en assez grand nombre à bord d'astronefs et quittèrent leur monde d'origine (1). Alors qu'ils débarquaient sur la Terre — non encore peuplée — la civilisation martienne était détruite, rasée, consumée par Yahoun qui ne laissa probablement que de très rares survivants sur l'hémisphère moins exposé. Ceci n'est d'ailleurs pas certain car la queue de la comète renfermait un terrible gaz toxique : du cyanogène. Les Martiens, *de race rouge et blanche,* s'établirent sur un vaste continent, maintenant disparu, au large des côtes européennes et africaines. La planète Vénus, également menacée de destruction par Yahoun, entretenait aussi une civilisation prospère, rivalisant de technique avec celle des Martiens. Les Vénusiens, *de race jaune et noire,* s'enfuirent de leur patrie planétaire à bord d'engins perfectionnés et rallièrent la seule planète capable de les faire vivre par ses conditions physiques, semblables à cette époque à celles de Vénus ; j'ai nommé la Terre.

« La Tradition conservée par nos prêtres nous enseigne que les deux peuples, Martiens et Vénusiens, se livrèrent bataille pour s'assurer la suprématie de ce nouveau monde. Les précisions nous manquent ; elles se sont perdues dans ce passé extraordinairement éloigné. Les Jaunes et les Noirs durent se séparer — à la suite de quel désaccord ? — et s'installèrent respectivement en Asie et en Afrique. A la fin du tertiaire

(1) Cf. *Nous, les Martiens,* même auteur, même collection.

ou au début du quaternaire, ces deux continents présentaient à peu près les mêmes configurations qu'aujourd'hui.

« Le fait est que les Martiens, qui avaient pris possession du continent Atlantique — *l'Atlantide* — s'adaptèrent progressivement à leur nouvelle vie, bien que dans des conditions physiques différentes et fort pénibles. Ils firent souche et se répandirent sur le continent européen. Insensiblement, ils dégénérèrent et, au cours des temps, connurent plusieurs périodes de splendeur suivies de décadence. La dernière civilisation florissante fut celle de l'Atlantide « légendaire », mentionnée d'une façon trop romancée par Platon, le philosophe grec disciple de Socrate.

« Pour le malheur de nos ancêtres, la comète Yahoun revint après des centaines de millénaires, et perturba une seconde fois les habitants de la Terre, c'est-à-dire les descendants des Martiens et Vénusiens. Un épouvantable cataclysme se déchaîna sur le monde et, en vingt-quatre heures, il engloutit irrémédiablement l'Atlantide.

« Tous les peuples de la Terre, rouges et blancs d'origine martienne, noirs et jaunes d'origine vénusienne, conservèrent — et doivent encore conserver — dans leurs légendes ou leurs traditions, le souvenir de ce Déluge Universel.

« Ceci survint il y a environ onze mille ans. Quelque temps avant le passage de Yahoun, une importante flotte atlante quitta l'Atlantide et prit la mer, emportant des vivres, des couples d'animaux, des céréales et des boutures afin de perpétuer la civilisation de nouveau menacée. *Cet exode donna naissance, beaucoup plus tard, à la légende de l'Arche de Noé.*

« Les astronomes atlantes — ou martiens — avaient rigoureusement déterminé la date du déluge bien avant ses manifestations. Forts de l'enseignement du passé, ils préconisèrent cette nouvelle migration et conseillèrent aux Atlantes sélectionnés — des jeunes hommes et des jeunes femmes — de prendre la direction du sud. L'escadre composée de centaines de bateaux chargés d'êtres humains, d'animaux et de nourriture, navigua pendant près d'un mois. Lorsqu'elle atteignit le sud de l'Afrique, Yahoun pénétrait dans la zone d'attraction terrestre et commençait ses ravages.

« La mer devint houleuse et ne tarda pas à subir une colossale marée. Des vagues monstrueuses secouaient et recouvraient parfois les navires. Durant un jour et une nuit, la plus gigantesque tempête de tous les temps se déchaîna, tandis que dans le ciel obscurci par les nuées, un horrible disque écarlate semblait suspendu au-dessus des fuyards.

« L'escadre, ballottée, démantelée, dispersée en tous sens ne put se regrouper. Les trois quarts des embarcations furent coulées par le fond, d'autres se perdirent. Combien d'entre elles purent aborder les côtes africaines ? Bien peu, sans doute... Toujours est-il qu'une vingtaine de bateaux, mus par des moteurs à explosion probablement, touchèrent terre quelques jours plus tard, alors que la comète sanglante s'éloignait dans l'espace. Le déluge était passé.

« Les rescapés prirent pied sur le continent polaire sud et tentèrent de s'y installer en attendant de pouvoir réparer les bâtiments sérieusement endommagés par le cataclysme qui avait bouleversé la planète. Ils comptaient remonter ensuite vers l'Afrique et, plus tard, vers l'Europe déjà peuplée par les colons atlantes qui n'avaient pas dû être entièrement exterminés par le déluge.

« Des expéditions de reconnaissance furent envoyées dans les glaces. Un grand nombre d'hommes et de femmes moururent de froid, perdus dans l'Enfer Blanc. Un jour, un petit groupe revint, épuisé. Une étrange vallée fertile était découverte, encastrée dans les montagnes de glace, bien au-dessous du niveau de la mer. Blottie entre deux remparts rocheux particulièrement élevés, cette vallée isolée au cœur du monde gelé bénéficiait d'un climat chaud, tropical même ! Le volcanisme de cette région privilégiée, ses nombreuses sources chaudes, ses eaux ferrugineuses, sa faune et sa flore riches à souhait en faisaient un véritable Paradis... Un paradis exigu, il est vrai, puisqu'il n'excède pas vingt kilomètres de large sur cent de long, mais qui permit à nos ancêtres — et maintenant à nous — de vivre en utilisant rationnellement ses richesses naturelles, auxquelles nous avons adjoint les hydropones ou cultures sans terre.

« Fébrilement, donc, les survivants, équipés de traîneaux hâtivement fabriqués avec les matériaux des navires échoués, partirent vers ce havre de grâce. Après bien des vicissitudes, ils l'atteignirent et s'y établirent pour ne plus jamais en sortir.

« Nous sommes les descendants de ces lointains Atlantes, termina Poklos. Au cours des âges, les Martiens rouges et blancs, brassés par un grand nombre de métissages, ne formèrent plus qu'une seule race cuivrée... comme vous avez pu le constater en voyant notre pigmentation.

Kariven, Mc Murray, Burton et les autres explorateurs s'entre-regardaient, renversés par cette inimaginable révélation. Les Blancs étaient-ils véritablement les rejetons de Martiens venus de l'espace ?

— Selon votre théorie, les Peaux-Rouges des USA, les Indiens du Mexique et ceux de l'Amérique du Sud sont donc les descendants directs des Atlantes qui auraient colonisé ces continents avant l'engloutissement de leur île ?

— Certainement, Kariven, confirma Poklos. Quant aux Blancs, ce sont ceux qui colonisèrent à la même époque les pays européens. Pour les Noirs et les Jaunes, les Vénusiens, nous manquons évidemment d'informations mais, puisqu'ils vivent encore sur leurs territoires respectifs, nous devons en conclure que les rescapés du déluge ont pu, de leur côté, perpétuer leur race jusqu'à ce jour.

« Après le déluge, les Terriens, privés de leurs moyens techniques, luttèrent contre la nature et les animaux pour survivre. Mais ils tombèrent bientôt dans un état de barbarie et régressèrent au stade primitif d'où les races actuelles sont issues. Quelques contrées privilégiées, moins touchées, ont-elles pu conserver un semblant de civilisation et se développer plus rapidement que les autres ? Je ne sais.

« Nous vivons dans la Vallée Heureuse depuis cette époque sans aucun contact avec l'extérieur. Vos explorations aériennes ou terrestres n'ont pu nous découvrir jusqu'à présent. L'épais matelas de nuages qui domine la vallée nous dissimule admirablement. Vous êtes vraiment les premiers Blancs à avoir violé notre Monde Oublié. Pour vous, jusqu'ici, l'Atlantide n'était qu'un mythe. Des générations d'occultistes et de savants l'ont cherchée dans toutes les parties du monde... sauf au pôle Sud où vivent encore ses arrière-arrière-arrière-petits-fils, au nombre de vingt mille environ.

« L'Atlantide originelle, engloutie au fond de l'Atlantique, repose sous des centaines de mètres de sédiments. Les Açores, les îles du Cap Vert, des Canaries, des Bermudes et des Bahamas entre autres, *sont les sommets des plus hautes montagnes du continent disparu.* Tout comme il serait vain de vouloir trouver sur l'Everest ou sur les Andes des vestiges de civilisation terrienne après un cataclysme qui aurait enseveli leur socle continental, il est présomptueux d'espérer recueillir des traces des Atlantes sur ces archipels qui, du temps de l'Atlantide, n'étaient pas autre chose que des pics escarpés et déserts ! Mais au-delà de ces îles, des vestiges immergés seront un jour découverts.

Kariven, revenant peu à peu de sa stupeur première, arqua pensivement son sourcil droit pour remarquer :

— Vous semblez assez bien connaître l'histoire de la Terre et la géographie actuelle, pour un Atlante retranché du monde...

Poklos sourit et, avec complaisance, s'expliqua :

— Ceci est lié aux événements qui concoururent à me faire apprendre l'anglais... et aux luttes intestines qui maintenant séparent en deux clans la population de la Vallée Heureuse.

« Vous pouvez aisément imaginer que notre vie en « vase clos » n'est pas sans conséquences pour l'avenir. Tout d'abord, nos ressources naturelles s'épuisent. Nous ne subsistons que grâce aux hydropones qui tapissent les flancs de la vallée, et dont nous retirons la plupart de nos végétaux comestibles. Ensuite, depuis des millénaires et malgré les efforts de nos biologistes, la race tombe en dégénérescence. Les métissages successifs nous conduisent inexorablement à une extinction prochaine. Grâce à un traitement biogénétique approprié, nous avons minimisé les effets de la consanguinité ; néanmoins, les signes précurseurs de notre disparition deviennent de plus en plus évidents. Si nous n'apportons pas une solution radicale à notre « évolution régressive », la race atlante mourra. En un mot, nous devons absolument croiser nos sujets avec ceux d'une race nouvelle, telle que la vôtre par exemple, et pour cela une seule possibilité nous est offerte : l'émigration vers les continents extérieurs.

— Ceci n'est pas une difficulté insurmontable, souligna le Dr Kariven. Je suis certain que les gouvernements américain et français ne s'opposeraient pas à modifier leur quota d'immigration pour recevoir vos vingt mille sujets.

— C'est aussi mon opinion, dit Poklos. Cependant, chez nous, tous ne la partagent pas. Les jeunes abondent dans ce sens, avec quelques anciens, mais les prêtres — et leurs voix sont écoutées parce que redoutées — ne veulent rien savoir. Avec eux, une grande partie de la population se refuse à quitter la Vallée Heureuse.

« Une antique tradition, entretenue par les prêtres, veut que le jour où les Atlantes abandonneront leur Monde Oublié, le dieu Paahl lancera ses foudres sur les sacrilèges. Vous dirais-je que je n'accorde aucun crédit à cette ridicule superstition ? A tel point que, voici quatre ans, je décidai, en accord avec Lakton, un jeune prêtre à l'esprit ouvert, de partir en voyage d'étude vers vos continents, inconnus alors pour nous.

« Revêtu de chauds habits je m'en allai avec quelques compagnons par le Couloir de la Mort, où nul n'osait s'aventurer. Nous transportâmes une petite embarcation à moteur, démontable, légère et parfaitement stabilisée par un système à balancier. Nous arrivâmes sur la côte, à une baie dépourvue de glace pendant l'été antarctique, c'est-à-dire durant les mois de décembre à février approximativement.

« Je m'embarquai seul. Le moteur de mon « canot » me permit d'atteindre le Cap Horn. Je dissimulai mon embarcation dans une grotte et, un sac de vivres au dos, marchai vers le nord. Je fus recueilli, épuisé et à demi mort de faim, par des Indiens de la Terre de Feu. Ces Fuégiens, des Alakalufs, étonnés de trouver un homme de race rouge, donc assez semblable à eux, dans des vêtements qu'ils ne connaissaient pas, m'offrirent une touchante hospitalité. Ces pauvres primitifs ne se doutaient pas qu'eux et moi nous descendions d'une même souche extraterrestre !

« Sans nous comprendre, nous vécûmes ensemble pendant un mois. Je soignai quelques malades et acquis en peu de jours une renommée que m'envia bientôt le sorcier de la tribu. Craignant le courroux du magicien et ne voulant pas non plus s'attirer la colère des esprits que j'étais supposé commander, les Alakalufs m'amenèrent à un village voisin où vivait un pasteur américain. Le terme de village n'est pas tout à fait exact, car ces Fuégiens étaient des nomades. Disons donc une agglomération provisoire de bateaux rudimentaires, reliés entre eux par des passerelles en troncs d'arbres.

« Ce pasteur, le frère Collins, entreprit aussitôt de me catéchiser ! Le saint homme ne pouvait, lui non plus, soupçonner l'étrangeté de notre origine commune. Il me prit pour un Indien, un peu différent des autres par ma pigmentation et surtout par mon niveau d'intelligence, et décida de m'enseigner sa langue. En trois ans, il m'apprit l'anglais, des rudiments de l'histoire des Etats-Unis et, naturellement, la Bonne Parole. J'eusse préféré me cantonner dans l'histoire de l'homme et celle des civilisations, mais le frère Collins revenait toujours à son dada. Je dus faire contre mauvaise fortune bon cœur et écouter ce qu'il croyait être la Vérité Suprême. Je m'abstins toujours de le détromper ou de lui révéler la véritable origine de l'humanité, afin de ne pas le plonger dans la plus profonde consternation... D'ailleurs, m'eût-il cru ? J'en doute. Ses idées étaient tellement arrêtées, sa foi et sa conviction tellement inébranlables que je préférai le laisser à sa quiétude spirituelle.

« Lorsque je jugeai en savoir suffisamment sur les descendants des deux planètes qui peuplent à présent les cinq continents, je prétextai un besoin d'évasion et fis part de mon intention au frère Collins. Il voulut m'accompagner chez les tribus voisines mais je refusai, alléguant que je ne manquerais pas de revenir dès que mon excursion serait achevée. Je m'esquivai donc une nuit en laissant au frère Collins une lettre de remerciements pour tout ce qu'il m'avait enseigné, et un lourd sachet d'émeraudes, de diamants et de rubis destinés à l'aider dans sa pieuse mission. La vente de ces joyaux — que l'on trouve ici en abondance — a dû lui permettre de bâtir une église, une école et peut-être même un dispensaire, murmura Poklos avec un sourire ému par ses réminiscences. Je repris ensuite mon embarcation, révisai le moteur qui était resté en bon état de marche et, nanti d'abondantes provisions de voyage, j'entrepris de rallier le pôle Sud. Après bien des tourments, je pus regagner la Vallée Heureuse. J'avais au moins démontré à mon peuple la vanité de ses craintes quant à l'abandon de notre Monde Oublié. Las ! Je me trompais. Mes sujets, imprégnés de la propagande des prêtres traditionalistes, prétendirent que si je revenais sain et sauf je le devais uniquement à ma personnalité de Chef-Patriarche, qui m'avait protégé. Eux continuèrent à croire à leur vulnérabilité devant la colère du dieu Paahl...

— Mais que faisiez-vous dans le... Couloir de la Mort, où nous vous avons trouvé ? demanda Mc Murray. Retourniez-vous dans l'Enfer de Glace ?

— Oui, afin d'annoncer au monde l'existence de notre colonie, de ses richesses en gemmes précieuses, et aussi pour faire évacuer notre communauté *que votre projet visant à fondre la banquise géante risque de détruire de fond en comble.*

Devant la mine étonnée de ses nouveaux amis, Poklos enchaîna :

— Ne vous ai-je pas dit que nous captions vos émissions radiophoniques ? Nous n'ignorons pas que vous vous proposez de faire exploser une série de bombes atomiques sur l'Antarctide. Ces terrifiantes explosions ne manqueraient pas d'ébranler nos montagnes et, par là, d'engloutir notre Vallée Heureuse. Mais nous discuterons de cela par la suite.

« En quittant momentanément notre oasis dans les glaces, mon intention était de traiter avec un gouvernement. L'arrivée des missions scientifiques et des attachés gouvernementaux venant étudier un plan d'évacuation auraient mis les Atlantes devant le fait accompli. Ils n'auraient pu reculer. Les émigrants volontaires se seraient dirigés vers les centres de la civilisation blanche, où ils auraient pu trouver femmes et compagnons d'une autre race, et ce pour le bien-être et la sauvegarde des générations futures. Malheureusement, je n'ai pu accomplir mes desseins.

« En arrivant sur la côte de l'Antarctide, une douloureuse déception m'attendait. Si la réserve de vivres était intacte, l'embarcation que je devais emprunter et qui était dissimulée dans une crique avait été prise dans la marée glaciaire qui menace l'équilibre de la Terre et avait été broyée comme un fétu de paille ! Découragé, je fus contraint de rebrousser chemin. C'est alors que j'entrais dans la vallée de l'Enfer de Glace que vous m'avez aperçu.

« Je me suis affolé. Ne voulant traiter qu'avec un gouvernement et non avec des aventuriers qui auraient pu piller nos mines pour nous abandonner ensuite, j'ai cru bon de fuir au lieu de vous attendre.

— Mais, comment, s'étonna Kariven, alors que vous vous étiez absenté depuis plusieurs jours sans doute, les hommes de Morkos vous ont-ils rejoint à la sortie du Couloir de la Mort et précisément dès votre arrivée ? Cela me paraît bizarre.

— Un dispositif vidéo communiquant avec le temple — connu seulement des prêtres et de moi — est installé à l'entrée de ce couloir. Je l'ai déclenché en m'enfonçant dans la caverne de glace bleue.

— Une caméra électronique ? fit Mc Murray, incrédule.

— C'est une très vieille invention martienne dont nous avons retrouvé le principe. Une ligne de transmission est installée, dissimulée le long de la caverne, dans un tube isolant blindé, mais articulé. Dans une niche artificielle, à l'entrée de la grotte, se trouve l'émetteur relié au temple où logent les prêtres. Ce fut Ménèktou, le Grand Prêtre de Paahl, et non mon ami Lakton qui reçut mon message. Comment ne me suis-je pas douté de quelque chose lorsque l'écran télévisionneur ne s'éclaira point ? Une voix peut être contrefaite, mais un visage est immédiatement reconnaissable. C'est pour cela que Ménèktou répondit en imitant Lakton, sans faire fonctionner le vidéo qui m'aurait révélé sa supercherie. J'étais joué ! Morkos, averti par le Grand Prêtre, envoya sur-le-champ les hommes de sa garde qui nous trouvèrent, vous me soignant et moi blessé. Si seul Lakton avait reçu mon appel, il eût lancé des hommes à lui à ma rencontre. Hélas, le sort a été contre moi. Pour justifier mon absence, Lakton, cet ami dévoué, avait annoncé au Grand Prêtre mon désir de rester isolé trois mois dans la montagne, en pieuses méditations. Aux yeux de tous, cette retraite devait me favoriser auprès des divinités qui n'auraient pas manqué de me dévoiler l'avenir des Atlantes.

— Croyez-vous quelque peu à la toute-puissance de Paahl et consorts ? s'informa le jeune médecin.

— Bien sûr que non, avoua Poklos dans un sourire. Pas plus que Ménèktou d'ailleurs, mais il était bon, jusqu'alors, que le peuple y crût. Redouter un Dieu ou plusieurs, pour une communauté telle que la nôtre, facilite toujours la tâche d'un chef... qui est censé y croire, lui aussi. Voyez-vous, Kariven, malgré notre science et nos moyens techniques, le peuple atlante est resté naïf, craintif du courroux divin. Seuls les prêtres, au nombre d'une cinquantaine sans compter les néophytes, ont accès aux connaissances scientifiques. Les Atlantes, qui jouissent des bienfaits de la science, en ignorent les principes fondamentaux. Les traditions se sont perdues chez le commun et les prêtres en détiennent exclusivement le monopole. C'est ainsi que les gardes utilisent un tube électrocuteur — une vieille invention martienne — sans en comprendre le fonctionnement. Ils croient, comme nous le leur avons enseigné, que cet instrument déchaîne la colère de Paahl, le Dieu de Justice Immanente ! Nos sujets font tranquillement leur travail journalier sans s'inquiéter des problèmes de laboratoires, qui sont des lieux sacrés réservés aux seuls initiés. C'est peut-être là le vrai bonheur... Ils devront, sans doute avant peu, être désillusionnés.

— Mais qui donc s'occupe des installations industrielles, des appareils et des projecteurs à infrarouges qui suppléent aux rayons anémiques du soleil ?

— Grâce à une organisation rationnelle de nos laboratoires et à nos usines automatiques, les prêtres et leurs assistants y suffisent. J'aurai prochainement l'occasion de vous montrer nos installations... Du moins, je l'espère.

— Que voulez-vous dire ? N'êtes-vous pas le Chef incontesté de la Vallée Heureuse ?

— Evidemment, Burton, c'est bien là mon titre. Mais Morkos, le Chef des Traditionalistes, brigue le pouvoir et fomente des troubles. Il a pour allié Ménèktou, le puissant Grand Prêtre de Paahl. Ceux-ci ne veulent pas entendre parler d'évacuation et, depuis mon retour du Monde Extérieur, ils ourdissent de sombres projets à mon égard. Lorsqu'ils apprirent dernièrement que les USA et la France, en accord avec les autres pays — la Rhodésie exceptée —, voulaient faire fondre une partie de la calotte polaire, Morkos et Ménèktou s'insurgèrent contre ce projet. Pour eux, la glace fondrait tôt ou tard d'elle-même sans qu'il soit besoin de faire exploser des bombes atomiques, lesquelles disloqueraient nos montagnes et engloutiraient vraisemblablement la Vallée Heureuse.

« Si vos pays maintiennent leur décision, Morkos et Ménèktou prendront contact avec le président de la Rhodésie auquel ils demanderont assistance. Ayant eu l'imprudence de leur traduire les communiqués radiophoniques relatifs à ce vaste projet, ils n'ignorent pas que la Nouvelle Union Sud-Africaine s'oppose catégoriquement à sa réalisation, craignant, avec juste raison d'ailleurs, un gigantesque raz de marée.

« Morkos et le Grand Prêtre sont prêts à offrir aux gouvernements sud-africains l'exploitation des mines uranifères et diamantifères de la Vallée Heureuse en échange d'une protection efficace de l'Antarctide. La Rhodésie devra envoyer des escadrilles de chasse, des bombardiers et tout l'armement nécessaire pour empêcher les autres pays de déclencher les explosions atomiques !

« Si ces négociations ne sont pas encore ouvertes, elles ne sauraient tarder de l'être ! Une liaison radiophonique peut être établie d'un instant à l'autre avec l'Union Sud-Africaine.

« Ne pouvant rien, momentanément, contre cela, revenons plutôt aux difficultés intérieures qui affectent directement les simples sujets atlantes. Malgré toute leur prudence, Morkos, Ménèktou et leurs hommes n'ont pu empêcher que des fuites se produisent au sujet de leurs pourparlers relatifs à un contact avec la Rhodésie. Le bruit courut bientôt parmi la population que des hommes du Monde Extérieur, sur lesquels elle ne connaissait presque rien, voulaient détruire les trois quarts des glaces antarctiques. Sans être instruits, ils comprirent que la Vallée Heureuse allait être mise en danger. Les jeunes, partisans de l'émigration, sautèrent sur cette occasion pour manifester leur désir d'évasion et firent l'impossible pour convertir les vieux Atlantes traditionalistes. Mais ceux-ci, redoutant Ménèktou et les Dieux, ne se laissèrent pas tous fléchir. La population est donc divisée en deux clans : les Evolutionnistes et les Traditionalistes qui, eux, ont à leur tête l'intrigant Morkos et son « ombre », Ménèktou. Ces deux-là ne me pardonneront pas d'avoir rallié les idées des jeunes générations et je n'ignore pas qu'ils cherchent à me perdre.

« Moi, Poklos, le descendant direct des grands Rois atlantes, vais-je donc être un jour injustement destitué ? Je le redoute et le crains pour mon peuple, car ce n'est point pour son bonheur que luttent Morkos et Ménèktou, mais pour l'asservir et (le croirez-vous ?) pour voyager dans le monde quand la menace des glaces sera dissipée ! Ces deux individus n'aspirent qu'à une chose : régner en maîtres sur la Vallée Heureuse et profiter de ses richesses incalculables pour s'offrir une vie luxueuse sur l'un des cinq continents. Ils se soucient fort peu du peuple qu'ils dressent contre nous, Evolutionnistes, en brandissant l'épouvantail de la colère divine.

« Par leurs prédictions fantaisistes, ils menacent ceux qui seraient prêts à suivre mes conseils et s'attachent les autres par de fallacieuses promesses, allant jusqu'à prétendre vouloir faire refleurir un jour prochain la gloire atlante sur la Terre !

— Pas très brillant, tout cela, reconnut Ronny Burton. Et quelle sera notre position au milieu de vos querelles ?

— Vous jouirez probablement d'une totale liberté dans notre cité, mais si vous voulez fuir, je crains que de fâcheux « accidents » ne vous arrivent. Ménèktou connaît votre présence ici. Il a dû donner déjà des ordres en conséquence. Il doit redouter qu'en cas de fuite, vous n'alertiez votre gouvernement et le mettiez au courant de ses projets d'alliance avec la Nouvelle Union Sud-Africaine. Vous ne pourrez sûrement pas sortir de la ville, et même si vous y parveniez, l'entrée du Couloir de la Mort, sur la falaise nord, doit être bien gardée. Hormis cette caverne il n'est point d'issue. Escalader les parois est rigoureusement impossible, même en cordée. Au sommet, le froid est terrible. Quant à l'extrémité nord de la Vallée Heureuse, c'est un véritable labyrinthe, et, de plus, le repaire de monstres préhistoriques. Un réseau à haute tension installé à quelques kilomètres de la ville nous en protège. Depuis des centaines d'années, nul n'a osé s'y aventurer. La vie facile a sensiblement émoussé la combativité des Atlantes. L'ignorance des uns et la superstition des autres ont forcé mon peuple à demeurer passif. Il redoute d'être dévoré corps et âme par des animaux auxquels il prête une essence démoniaque.

« Je dois reconnaître que les partisans de Morkos font montre de plus de courage et d'agressivité, mais cela dans un but qui n'a rien de louable.

— Qu'y a-t-il à l'extrémité sud de la vallée pour qu'on n'en puisse pas sortir ? s'enquit le Dr Kariven.

— Un volcan, la Gueule de Feu et, derrière, plus au sud, une paroi abrupte qui forme un cul-de-sac où prend fin la vallée.

Deux hommes de la garde entrèrent dans la pièce. Ils dirent quelques mots au patriarche atlante et se retirèrent en le saluant profondément.

— Ménèktou, le Grand Prêtre, m'annonce sa visite, traduisit le vieillard blessé. Pour qu'il se dérange en personne, j'appréhende qu'il ne soit porteur de mauvaises nouvelles...

CHAPITRE III

Encadré par deux géants rouges tenant en laisse deux énormes panthères noires aux crocs saillants, aux babines retroussées, Ménèktou, le Grand Prêtre de Paahl, fit son entrée dans le palais de Poklos.

Ménèktou s'inclina obséquieusement. Drapé dans une ample cape noire, il portait une sorte de casque doré surmonté de deux ailes. Sur son front était collé un extraordinaire rubis en forme d'œil qui, suivant les mouvements de sa tête, lançait des feux écarlates.

Ses gardes du corps se tinrent à la porte d'entrée. Leurs félins, tous crocs dehors, faisaient entendre un halètement entrecoupé de grognements rauques. Leurs yeux en amande, mi-clos, fixaient obstinément les explorateurs blancs.

— Pas l'air commode, les matous ! chuchota Ronny Burton.

Le Grand Prêtre s'arrêta à deux pas de Poklos, toujours allongé, et le considéra avec insistance. Son regard parcourut ensuite les Blancs venus d'au-delà le Couloir de la Mort.

Dans ses yeux bleu acier, profondément enfoncés dans leurs orbites, dansa une lueur de haine. Ses mâchoires, durant l'espace d'une seconde, se contractèrent et ses traits se durcirent mais, rapidement, un sourire engageant — trop engageant même — éclaira son visage cuivré.

— Parlez-vous anglais ? l'interrogea Kariven par acquit de conscience.

Ménèktou le regarda, incompréhensif, et se tourna vers Poklos qui traduisit la question du chef d'expédition.

Assuré de n'être pas compris, le médecin s'adressa à Ronny Burton :

— Sa tête ne me revient pas...

— Un vrai faux jeton ! opina Burton en souriant hypocritement au Grand Prêtre qui était loin de soupçonner la nature de leurs commentaires à son sujet.

Ménèktou s'entretint un moment avec Poklos. Parfois, il jetait un coup d'œil aux Blancs et poursuivait sa conversation.

Au cours d'une interruption, Kariven parvint à placer un mot :

— Nous apprécions votre Eden, Poklos, mais ne désirons pas nous y éterniser. Voulez-vous expliquer à Ménèktou que nous voulons rejoindre notre camp de base ? En tant que Chef de la communauté atlante, vous devez pouvoir nous faire sortir d'ici... Il va sans dire que nous interviendrons auprès des gouvernements français et américain pour obtenir le visa d'entrée de tous vos sujets désireux de quitter cette vallée.

Soucieux, Poklos hocha la tête et traduisit à son visiteur. Après une courte discussion, le vieillard blessé répondit :

— Ménèktou est désolé, Kariven. Comme je le craignais, il invoque l'antique tradition et affirme que si nous vous laissions retourner vers l'Enfer de Glace les pires calamités s'abattraient sur nous. Je sais que tout cela n'est qu'une manœuvre destinée à vous empêcher de divulguer prématurément le secret de notre retraite... Car ce traître vient de m'annoncer sans détour ses intentions. Il veut que je lance un appel à la Rhodésie. Si je refuse, il me supprimera purement et simplement, puis il enverra Morkos et quelques prêtres jusqu'au Cap. Là ils parviendront bien à se faire comprendre d'une manière ou d'une autre... et mon sacrifice n'aura servi à rien. Mon intervention en votre faveur n'aboutira pas, mais ce que nous pouvons tenter de faire, c'est de gagner du temps.

Tout en caressant la crosse de son colt, l'impétueux Ronny Burton marmonna :

— J'ai bien envie de faire un carton sur ces panthères avant de démolir cet oiseau de mauvais augure !

— Laisse ton artillerie où elle est, conseilla Kariven, et jouons les fatalistes. Poklos a raison, gagnons du temps ; à la nuit tombée, nous escaladerons la falaise pour...

Une assourdissante explosion suivie d'un grondement qui alla en s'intensifiant lui coupa la parole.

Les deux panthères noires s'agirèrent, tirant sur leur chaîne en grognant. Les géants rouges bandèrent leurs muscles pour les retenir.

Interdits, Kariven, Burton et leurs hommes s'entre-regardèrent. Poklos, en un flot de paroles précipitées, interpella Ménèktou.

Le Grand Prêtre, avec un sourire satisfait, le renseigna. Le Chef atlante pâlit. Son visage reflétait la consternation.

— Avant de venir ici, Ménèktou avait ordonné de dynamiter l'entrée du Couloir de la Mort ! dit-il... C'est chose faite !

Poklos tendit la main vers le rebord de son lit et pressa un bouton encastré dans le bois. Un rectangle lumineux apparut sur l'un des murs de la pièce.

Le vieillard tourna un minuscule volant sélecteur et, au grand étonnement des Blancs, l'écran télévisionneur stéréoscopique en couleur montra une portion de la Vallée Heureuse. Par-delà la rivière bordée d'arbres, sur la paroi gauche de la vallée, un nuage de poussière montait vers le ciel grisailleux. Le long des éboulis, des rochers de toutes tailles achevaient de rouler vers la plaine. Tout un pan de la falaise avait sauté, obstruant l'entrée du passage sous des milliers de tonnes de rocs ! L'unique chemin conduisant sous la montagne vers le monde extérieur était bloqué.

Kariven dût se faire violence pour ne pas bondir sur le perfide Ménèktou qui le considérait avec un sourire goguenard.

— Nous voilà dans un sacré merdier ! gronda Mc Murray. Si nous avions l'hélicoptère pour nous tirer de là...

— Tu veux rire ! maugréa Ronny Burton en haussant les épaules. Pourquoi pas un ascenseur ou un téléférique ? Ce vieux sagouin savait ce qu'il faisait en condamnant l'unique porte de sortie. Nous sommes pris comme des rats !

Le Grand Prêtre dit quelques mots à Poklos qui éteignit le vidéo.

— Ménèktou, traduisit-il, vous fait savoir que vous serez libres aussitôt que vous lui aurez remis vos armes individuelles... Vous pourrez aller et venir où bon vous semblera mais, tout comme nous, vous ne sortirez jamais plus de cette oasis antarctique... Tous nos projets de fuite ou d'émigration sont anéantis !

— O.K., les gars, décréta Kariven en haussant les épaules, mettez-vous en rang. Si vous avez des armes, donnez-les à ce grand escogriffe !

Il y eut un flottement parmi les huit hommes qui convergèrent vers leur chef pour s'aligner. Celui-ci en profita pour laisser tomber discrètement son colt, dans sa gaine, sur le lit de Poklos. Le patriarche comprit le subterfuge. Il se dressa sur un coude en rejetant sa couverture qui recouvrit l'automatique.

Les explorateurs tendirent un à un, et de très

mauvaise grâce, leur pistolet à Ménèktou. Kariven écarta complaisamment les pans de son blouson en nylon et montra au Grand Prêtre sa ceinture vide de toute arme.

A l'instar de Kariven, le biologiste Billy Mc Murray écarta les bras en signe de bonne volonté. Son colt ne pendait plus à sa ceinture.

Le Grand Prêtre, sourcils froncés, s'avança vers lui, le fouilla et, soupçonneux, interrogea Poklos.

— Ménèktou croyait avoir remarqué que vous aviez une arme en entrant ici, expliqua le chef atlante. Il demande où vous l'avez mise ?

Billy Mc Murray dodelina de la tête :

— Il a rêvé ! Je n'ai jamais porté de pistolet. D'ailleurs, un biologiste n'a que faire d'un tel engin. Si une paire de jumelles l'intéresse, dit-il en tenant des jumelles à prismes, je veux bien les lui prêter. C'est là tout ce que j'ai. Sans doute a-t-il pris cet inoffensif instrument, qui effectivement pendait à ma ceinture, pour un flingue ?

Poklos traduisit. Après réflexion, le Grand Prêtre hocha la tête non sans jeter un coup d'œil perplexe au biologiste qui le regardait d'un air candide. L'un des géants rouges tendit la laisse de sa panthère à son compère puis il sortit en emportant les huit colts que venait de lui remettre Ménèktou. Ce dernier se rapprocha de Poklos et lui parla assez longuement. Le vieillard semblait mécontent, inquiet.

— Je crains, finit-il par dire aux explorateurs,

que notre entretien auquel vous êtes étrangers ne vous retienne inutilement. Voulez-vous visiter notre cité ? Dès demain, je prévoirai un guide pour vous piloter. Vous voudrez bien revenir à mon palais au crépuscule. Vous y serez mes hôtes... Laissez vos combinaisons et vos blousons ici. La température de la Vallée Heureuse est suffisamment élevée pour vous autoriser à circuler en bras de chemise.

Nos amis acquiescèrent et quittèrent leur blouson qu'ils laissèrent en tas sur les lourdes combinaisons polaires, dans un angle de la pièce.

En fuseau noir et chemise beige, ils descendirent les grandes marches de marbre et s'en furent par les larges avenues de la cité atlante.

— C'est insensé ! pesta Ronny Burton. Nous voici bouclés dans une oasis insoupçonnée, perdue au cœur des glaces antarctiques, sans que nous puissions entrevoir la moindre possibilité d'en sortir.

— Les deux hommes que nous avons laissés près des hélicoptères retourneront au camp, fit remarquer Mc Murray.

— Bien sûr, accorda Kariven. Mais lorsqu'ils ramèneront des renforts et visiteront la caverne de glace bleue, ce sera pour constater qu'un gigantesque éboulement nous aura écrasés sous des tonnes de roc ! Ils croiront que nous avons péri et, après avoir sondé ou tenté de déblayer le boyau, ils abandonneront les recherches et nous porteront disparus. Victimes du devoir... ou de la science ! Nous aurons droit à une plaque commémorative à la *National Geographical Society* et un docte savant fera notre éloge funèbre au sein d'une université ou de l'Académie des Sciences...

— Ça nous fera une belle jambe ! bougonna Burton qui marchait à ses côtés.

— Cela vaut tout de même mieux, pour nous, que de mourir de froid ou de faim, rétorqua le médecin. Tant qu'il y a de la vie, il y a de l'espoir, disons-nous en France.

En petits groupes, tels des touristes avides de curiosités, ils arrivèrent à un merveilleux jardin où, au milieu de pelouses, se dressaient des massifs de verdure bien taillés. Des haies chargées de fleurs vivement colorées bordaient les allées qui dessinaient des figures géométriques. Des oiseaux gazouillants, au plumage bigarré, voletaient de fleur en fleur. A l'extrémité nord de la ville aux bâtiments rouges, ce jardin était limité, à l'est, par la rivière.

Des rires et des éclats de voix jeunes et frais leur parvinrent, tout proches.

Au détour d'un chemin jalonné par les haies, les explorateurs débouchèrent sur une vaste esplanade fleurie. Un spectacle inattendu les cloua sur place d'étonnement. Au milieu d'un triangle de gazon s'ouvrait une piscine circulaire de cinquante mètres de diamètre. Ses rebords en matière translucide étincelaient et le fond, en lapis-lazuli, donnait à l'eau une étrange couleur bleuâtre.

Une vingtaine de splendides jeunes filles à peau cuivrée, n'ayant pour toute parure que leur remarquable beauté, plongeaient, nageaient et s'ébattaient dans des jaillissements d'écume.

Ronny Burton, la bouche ouverte, les yeux papillotants, contemplait ce ravissant tableau sans pouvoir proférer un son.

Amusé par son air ahuri, Kariven ne put s'empêcher de lui fermer la bouche en soulevant son menton avec son index. Sans s'inquiéter des facéties de ses compagnons Billy Mc Murray, l'œil brillant et la mine égrillarde, s'avança tout guilleret vers la piscine où les jeunes Atlantes nageaient en riant.

— Finalement, je crois que je vais me plaire, dans ce patelin ! fit-il en louchant furieusement sur une « indigène » qui faisait la planche, jambes disjointes, face à lui...

Les jeunes baigneuses, qui venaient d'apercevoir les étranges hommes blancs, arrêtèrent leurs ébats nautiques et, stupéfaites de voir des êtres humains d'une autre couleur que la leur, elles regagnèrent en vitesse les bords de la piscine. D'un rétablissement, elles se hissèrent sur la berge et, plus curieuses qu'effarouchées, se dirigèrent vers les explorateurs qu'elles entourèrent bientôt.

Leur nudité ne paraissait nullement les intimider. Elles s'ébrouaient, rejetaient d'un mouvement de tête leurs longs cheveux en arrière tandis que l'eau, ruisselant sur leur épiderme, s'écoulait en filet d'entre leurs cuisses et laissait dans leur pilosité pubienne des gouttes prisonnières.

Ronny Burton toussota pour se donner une contenance et murmura un banal : « hello » !

— Ton éloquence va sûrement les bouleverser ! railla Jean Kariven.

L'une des Atlantes qui avait enregistré ses paroles, s'écria en anglais d'une voix émue :

— Vous êtes des hommes du *Monde Extérieur !* Des Américains ?

Kariven, Burton et Mc Murray échangèrent un regard étonné. Cette Atlante parlait donc l'anglais ?

— Je suis Lwinha, la sœur de Lakton, prêtre-assistant aux laboratoires du Temple. Poklos, le Chef de la communauté, dont mon frère et moi sommes les amis, nous a appris votre langue... Comment avez-vous pu arriver jusqu'à la Vallée Heureuse ? demanda-t-elle en s'adressant plus particulièrement au Dr Jean Kariven.

Celui-ci ne parut pas avoir entendu sa question. Il admirait ses grands yeux noirs, ses longs cheveux auburn tombant en mèches folles que l'eau collait à ses joues veloutées. De fines gouttelettes d'eau irisées perlaient sur sa peau cuivrée. Son parfum lui rappelait étrangement Narcisse Noir qu'il aimait tant. Encore essoufflée par la nage, ses seins magnifiques se soulevaient au rythme accéléré de sa respiration. Son buste cambré sur une taille fine, ses jambes au galbe parfait et les lignes souples de son corps scuptural incarnaient la beauté même. Sa chaude carnation et son port de tête altier accentuaient son charme de déesse antique.

Dans l'air du soir Lwinha réprima un frisson et, sans attendre une réponse du médecin, elle dit quelques mots à ses amies puis enchaîna à l'intention des Blancs :

— Venez avec nous.

Les explorateurs, légèrement interloqués, les suivirent jusqu'à un bâtiment circulaire à grande colonnade surmonté d'un dôme hémisphérique. Les jeunes filles s'assirent à même le sol, en lotus, sans chercher le moins du monde à exhiber leur sexe béant,... ce qu'elles faisaient pourtant avec le plus grand naturel ! A leur invite, les explorateurs prirent place à leur côté. Peu à peu le dôme concave coiffant cette curieuse construction devint jaune, orangé puis rougeâtre. Il brillait maintenant d'une vive luminescence d'où rayonnait une douce chaleur. La sœur de Lakton crut bon d'expliquer ce phénomène :

— Après chaque bain, nous nous séchons dans ce « solarium à rayons infrarouges » (1).

Elle eut une hésitation puis ajouta :

— Je me permets de vous donner ces précisions sachant par mon frère que votre race

(1) A noter que la coloration rouge n'est pas la couleur *sui generis* des rayons infrarouges... qui sont invisibles. Dans le cas présent et pour les projecteurs cités plus loin, ces rayons ont été simplement associés à une source lumineuse rouge coloratrice combinant ce qu'on appelle une « chaîne thermolumineuse ».

n'ignore rien des techniques les plus avancées. Dans la Vallée Heureuse, comme vous le savez peut-être déjà, seuls les prêtres détiennent les secrets de la connaissance. Mon frère, à l'insu de tous excepté de Poklos, m'a enseigné les sciences qui se transmettent de génération en génération et qui sont le privilège des castes régnantes. Ainsi, aux yeux de mes sœurs atlantes, ce dôme n'émet pas des rayons infrarouges — terme qu'elles ignorent et ne pourraient comprendre — mais il transmet simplement la chaleur de Timko, le Dieu-Soleil. Elles croient naïvement qu'en abaissant la manette encastrée dans le pilier vert, Timko reçoit notre prière et l'exauce.

— Mais si vous vous baignez, s'enquit Kariven, comment s'expliquent-elles la luminescence du dôme alors que Timko est déjà couché ?

— Il est couché, sourit malicieusement Lwinha, mais il consent à nous servir car *son esprit* est constamment parmi nous. Puéril, n'est-ce pas ?

Ce fut ensuite au tour de Lwinha de poser des questions. Kariven relata leurs mésaventures et l'accident survenu au patriarche, tout en assurant que ses jours n'étaient pas en danger.

Les rayons infrarouges du dôme ayant convenablement séché l'épiderme des baigneuses, celles-ci se levèrent. Très simplement, elles ramassèrent leur pagne et s'en ceignirent les reins. Certaines se couvrirent d'une fine tunique à demi transparente, en tissu scintillant.

Lwinha s'était vêtue d'un pagne bleu pailleté

d'or. Une sorte de chlamyde rose tombant dans son dos en plis ondoyants laissait libres ses seins et ses épaules. Une chaînette d'argent incrustée de pierreries, passée derrière le cou et sous les bras, la retenait sans entraver les mouvements. Un large ruban en métal mordoré cernait son front et plaquait ses cheveux sur ses tempes, ce qui la faisait vaguement ressembler à une squaw.

Deux jeunes filles aussi peu vêtues qu'elle, c'est-à-dire « habillées » à la mode atlante, lui dirent quelques mots en souriant. Satisfaisant, un peu tard il est vrai, aux règles de la bienséance, Lwinha, ses compagnes et les explorateurs se présentèrent mutuellement.

Les deux Atlantes qui avaient amicalement rappelé Lwinha à ses devoirs étaient respectivement Zilna et Maoloa, ses fidèles amies. Elles parlaient un peu l'anglais mais n'égalaient pas Lwinha ni son frère Lakton qui, eux, avaient bénéficié de l'enseignement direct de Poklos.

Le soleil blafard allait disparaître derrière le sommet des montagnes nimbées de nuages barrant de toutes parts cet horizon restreint.

Un crépuscule indigo tombait sur la vallée. Les chants d'oiseaux s'étaient tus. Une brise légère, assez fraîche, agitait les feuillages.

— Rejoignons la ville, décida Lwinha. La première vague de chaleur nocturne n'est créée qu'une heure après le coucher du soleil. En restant ici, nous ne tarderions pas à ressentir le froid parce que nous sommes hors du camp des projecteurs infrarouges qui climatisent les cultures.

Les explorateurs et les belles Atlantes, qui bavardaient bruyamment entre elles dans leur langue chantante, entrèrent dans les faubourgs de la cité rutilante sous les luminaires axiaux.

Lwinha devisait avec Jean Kariven. Ronny Burton et Billy Mc Murray accaparaient Zilna et Maoloa qui souriaient à leurs propos sans trop bien les comprendre. Elles éprouvaient des difficultés à soutenir la conversation. Les autres Américains, à défaut de paroles, s'évertuaient à échanger quelques mimiques avec le reste de la troupe. Ils arrivèrent enfin devant le palais de Poklos et s'attardèrent à palabrer avec les Atlantes. Chacun paraissait désolé de la séparation qui semblait inéluctable.

Lwinha, Maoloa et Zilna gravirent l'escalier monumental, suivies de Kariven, de Burton et de Mc Murray, agréablement surpris de constater que la jeune fille et ses deux amies les accompagnaient dans la demeure de Poklos. Tout en montant les marches, le médecin prit le bras de Lwinha. Elle le gratifia d'un sourire qui retroussa son petit nez dans une expression adorable.

Après avoir traversé le hall à colonnade, ils entrèrent dans l'aile gauche du palais. Au milieu d'une vaste pièce rectangulaire, merveilleusement décorée de fresques luminescentes, une longue table était dressée. Seize couverts en or massif brillaient sous une rampe lumineuse qui décrivait au plafond des arabesques compliquées.

Lwinha pensa que son frère Lakton avait dû rendre visite à Poklos et que ce dernier les avait invités, lui, elle et ses deux amies, en l'honneur du dîner offert aux hommes du Monde Extérieur.

Elle pria les convives de l'attendre et s'en fut par une porte basse donnant sur les appartements du Chef atlante.

Au bout de dix minutes, des paroles vives retentirent, dominées parfois par la voix montante de Lwinha. L'organe grave de Ménèktou, le Grand Prêtre, était éclipsé par les répliques véhémentes de la jeune femme. Les explorateurs, qui ne saisissaient pas le motif de cette violente altercation, n'en soupçonnaient pas moins l'âpreté en se basant sur les intonations des voix. Lwinha revint dans la pièce et fit claquer la porte derrière elle. Ses narines frémissaient et elle respirait rapidement, encore sous le coup d'une intense émotion ou d'une forte contrariété. Elle rejeta nerveusement le pan de sa chlamyde qui glissait sur son épaule droite et se dirigea vers ses amis.

— Qu'est-il arrivé, Lwinha ? s'informa Jean Kariven intrigué.

A ce moment, la porte basse livra passage à un fauteuil roulant qu'occupait Poklos, le vieillard dont le tibia brisé interdisait la marche. Mû par un moteur électrique aux commandes fixées sur les appui-bras, le fauteuil roula jusqu'à la table en ronronnant doucement. Un grand jeune homme brun, drapé dans une sorte de toge bleue, referma la porte et rejoignit le blessé qui le présenta à ses hôtes comme étant Lakton, le frère de Lwinha.

Pour être compris de tous, le Chef atlante interpella paternellement en anglais la sœur du jeune prêtre affecté aux laboratoires du Temple.

— Tu n'aurais pas dû te révolter devant Ménèktou, et surtout ne pas repousser aussi vertement la décision du Concile de Paahl...

— Ce n'est point la décision du Concile, mais la sienne ! rétorqua Lwinha. Jamais je n'accepterai ce sacrifice ! Vous avez, pour mon frère et moi, levé le voile des superstitions et des croyances inculquées au peuple naïf. J'ai pénétré les arcanes de la science atlante dont le Grand Prêtre défend l'accès. Aurais-je appris tout cela pour me voir un jour liée à un mythe ?

Poklos opina tristement et soupira :

— Je sais, Lwinha. C'est injuste mais je crains que ta décision — que ton frère et moi approuvons intérieurement — ne déclenche un conflit lorsque Ménèktou la proclamera au peuple.

— Excusez-moi, fit Kariven, je voudrais savoir l'origine de votre désaccord ?

— Désaccord n'est pas le mot, expliqua Poklos après avoir convié ses invités à prendre place à la table. Je partage les sentiments de Lwinha qui, malheureusement, posent un douloureux problème. Jugez par vous-même :

Ménèktou, qui se prétend le porte-parole du Concile de Paahl, un groupement de prêtres fanatiques dictant les pseudo-volontés de la divinité, est venu m'annoncer qu'une décision dudit Concile avait élevé Lwinha au rang de Grande Prêtresse...

— N'est-ce pas un titre honorifique ? risqua Ronny Burton.

— Cela dépend du point de vue auquel on se place, intervint Lakton. En l'acceptant, ma sœur abandonne sa liberté. Etant sacrée Grande Prêtresse elle doit vivre retranchée du monde des vivants, dans le gynécée du Temple qui abrite déjà onze Grandes Prêtresses. D'autre part, cette nomination implique certaines... « obligations » que je réprouve totalement, vis-à-vis du Grand Prêtre.

Jean Kariven arqua ses sourcils et se tourna vers ses camarades :

— Une belle ordure, ce porc, avec son droit de cuissage ! Il n'est évidemment pas question d'accepter, Lwinha. Mais qu'arrivera-t-il, à la suite de votre refus ?

— Je ne sais pas, dit-elle en haussant les épaules. Depuis des temps immémoriaux, la jeune fille désignée par le Concile de Paahl a toujours accepté, de gré ou de force, ce titre prétendûment honorifique.

— Je crains que ton refus n'entraîne des troubles sociaux, émit le patriarche. Ménèktou va haranguer ses sbires et il s'arrangera pour faire retomber la responsabilité de ton attitude sacrilège sur nos amis blancs et sur ma faiblesse. Il soulèvera les tenants de la Tradition avec l'accord de leur chef Morkos et fera en sorte que je sois renversé. S'il parvient à ses fins, lui et quelques-uns de ses complices prendront le pouvoir ; ils mettront à la raison les partisans évolutionnistes qui n'aspirent qu'à abandonner la Vallée Heureuse pour émigrer vers le Monde Extérieur, et instaureront un régime tyrannique.

« C'est alors que, fort de sa puissance, Ménèktou cherchera à assouvir sa soif de jouissances matérielles en effectuant, pour son compte et avec la participation de Morkos, de profitables opérations avec l'extérieur, c'est-à-dire avec la Nouvelle Union Sud-Africaine. En occupant les côtes antarctiques les forces africaines protégeraient la Vallée Heureuse et leur propre pays contre le projet international tendant à détruire la calotte polaire. Par la suite, Ménèktou conclura un accord avec les sociétés minières de la Rhodésie ou le gouvernement Carpenter. Avec les revenus substantiels qui lui seront alloués pour l'exploitations des mines, il pourra parcourir le monde en laissant son peuple sous le joug de quelques mercenaires.

« Je me suis livré, à son insu, à une curieuse expérience sur sa personne, il y a déjà longtemps. C'est ce qui a aiguisé mon désir de prendre contact avec un gouvernement de la race blanche.

« Soupçonnant Ménèktou d'élaborer des projets néfastes au bien-être de notre communauté, je décidai de le soumettre à la première occasion à un gaz annihilant la volonté. J'absorbai un antidote destiné à combattre l'effet hypnotique de ce gaz et conviai le Grand Prêtre à me rendre visite dans le laboratoire du Temple Sacré. Dès qu'il arriva, je libérai ce gaz et, tout en bavardant de nos recherches, j'épiai les symptômes précurseurs de son action lénifère sur mon visiteur. En moins de trois minutes, Ménèktou perdit le contrôle de ses pensées. Il demeurait debout, conscient de ma présence, et répondait sans détours à toutes mes questions sans se rendre compte qu'il me dévoilait ses espoirs inavouables, et jusqu'alors inavoués, si ce n'était à ses complices qu'il me nomma docilement.

« Par ce moyen, que d'aucuns réprouveraient, je le reconnais, j'appris que Ménèktou briguait le pouvoir et qu'il n'aspirait qu'à une chose : régner sur la Vallée Heureuse afin de s'approprier ses richesses en pierres précieuses pour parcourir ensuite le monde. Doté d'un fabuleux trésor, il aurait pu traiter avec un gouvernement qui, en acceptant la production annuelle des gemmes atlantes, lui aurait accordé un visa d'entrée ainsi qu'à Morkos et à deux autres prêtres... C'est ce qui est en passe de se réaliser avec la Rhodésie.

« A tour de rôle, ces peu reluisants personnages devaient gouverner les Atlantes. Pendant que les deux premiers visiteraient les continents étrangers, les deux autres seraient restés ici afin d'activer l'extraction des diamants, des rubis et des émeraudes, sans compter la production uranifère.

« Ce que Ménèktou refuse à mon peuple, la liberté de vivre avec d'autres races, lui et ses complices voulaient en bénéficier.

« J'ignore le détail de ce qu'il manigance actuellement car, depuis le jour où je l'ai soumis à l'influence du gaz hypnotique, il a toujours trouvé un excellent prétexte pour ne plus retourner dans mon laboratoire. S'est-il douté de quelque chose ? Aura-t-il ressenti un malaise après m'avoir, à son corps défendant, révélé ses espoirs secrets ? Je ne pense pas qu'il ait eu conscience de mon investigation ; néanmoins, il doit avoir réalisé confusément que j'avais *essayé* de lui jouer un tour. Notre inimitié date de ce jour-là. Ce dont je suis certain, toutefois, et Lakton me l'a confirmé tout à l'heure, c'est qu'il espère conclure un accord avec le gouvernement Néo-Sud-Africain pour faire échouer vos projets de destruction de la surcharge de glace.

Après réflexion, Jean Kariven déclara :

— Si Ménèktou conservait cet espoir, croyez-vous qu'il aurait détruit l'unique voie d'accès au Monde Extérieur ?

— C'est effectivement là que l'histoire se complique, reconnut Poklos. J'en arrive à conclure qu'il doit exister une seconde issue, connue de lui seul. N'oublions pas que la tradition atlante ne se transmet pas conjointement de Chef à Chef et de Grand Prêtre à Grand Prêtre. En principe, il devait en être ainsi, mais en fait, prêtres et gouvernement détiennent chacun leur propre tradition qui comporte certaines variantes. Au cours des générations passées, il n'est pas invraisemblable de supposer qu'un Grand Prêtre de Paahl ait découvert un second Couloir de la Mort menant à l'Enfer de Glace. Ce pontife aurait alors transmis le secret à son successeur en lui ordonnant de ne le révéler à son tour qu'à son futur remplaçant à l'exclusion de toute autre personne. Mes ancêtres directs n'en auraient alors pas eu connaissance. Je déplore de n'avoir pu expérimenter de nouveau le gaz hypnotique sur Ménèktou afin de lui arracher cette précieuse information.

— Ce n'est évidemment pas à la suite du refus de Lwinha que vous pourrez le faire, fit remarquer Ronny Burton.

— Nous revenons au même point, soupira Kariven. Ne connaissant pas cette issue, nous sommes condamnés à demeurer ici jusqu'au jour où Ménèktou nous enverra proprement et simplement... dans l'autre monde !

— Mais pas dans le nôtre ! grogna Billy Mc Murray en frappant du poing dans le creux de sa main.

CHAPITRE IV

A la fin du repas, Poklos et ses hôtes gagnèrent la grande salle où le vieillard s'était précédemment entretenu avec Ménèktou.

Les serviteurs atlantes emportaient les couverts. Poklos en profita pour exhiber le colt que Kariven avait opportunément laissé choir sur le lit, à la barbe du Grand Prêtre.

— Puissiez-vous ne pas avoir besoin d'en faire usage, souhaita le vieillard tandis que le médecin dissimulait l'arme dans la poche droite de son épais pantalon noir.

S'adressant au biologiste, Poklos demanda :

— N'étiez-vous réellement pas armé, Mc Murray, quand le Grand Prêtre est entré chez moi ?

— Je l'étais, en effet. Lorsque Kariven nous ordonna de nous mettre sur un rang pour donner nos colts au grand escogriffe, cela me parut bizarre. Pourquoi devions-nous nous aligner alors qu'il eût été aussi simple de tendre nos pistolets, d'où nous étions, ou de les déposer à nos pieds ? Je compris qu'en nous disposant sur une seule ligne, un certain flottement régnerait parmi nous avant que nous n'ayons pris place les uns à côté des autres. Kariven avait prévu cela et j'en conclus qu'il voulait mettre à profit cette brève mêlée pour cacher son arme. C'est aussi ce que je fis.

Billy Mc Murray alla jusqu'à la fontaine circulaire en cristal de roche et, manches retroussées, il plongea les mains dans l'eau où nageaient les poissons exotiques. Il en retira un sac en *plastique* marron, ruisselant d'eau.

— Voici l'étui étanche de mes jumelles...

Il fit glisser la fermeture hermétique et sortit un superbe colt à chien extérieur, modèle en acier mat de l'*US Army*.

— J'ai pu assez facilement opérer la substitution, c'est-à-dire accrocher les jumelles à ma ceinture après avoir enfermé le « soufflant » dans leur étui. Ce fut un jeu d'enfant que de laisser glisser discrètement mon arme ainsi protégée dans l'eau de cette fontaine d'intérieur providentielle.

Kariven sourit de cette ruse puis, brusquement, il se rembrunit. Il se pencha vers Poklos et chuchota, vaguement inquiet :

— Est-il prudent d'avoir repris nos automatiques en présence de Zilna et Maoloa ? Nous avons peut-être tort de parler aussi librement devant elles... puisqu'elles comprennent passablement l'anglais.

— N'ayez aucune crainte, assura Poklos. Ces

deux jeunes filles appartiennent à la Ligue Evolutionniste que préside Lwinha. Elles partagent notre désir commun d'émigrer vers le Monde Extérieur. Amies intimes de ma petite protégée et de son frère Lakton, je leur ai enseigné notre langue. Cela leur servira un jour et vous reconnaîtrez que votre méfiance à leur égard était déplacée.

Blancpain, l'un des explorateurs, topographe d'origine canadienne, cita d'un air mi-figue mi-raisin un vieux proverbe de son Québec natal :

— *Ne vous fiez jamais à une femme... même si elle est morte !*

— Pas très charitable pour les membres de notre Ligue, reprocha Lwinha sans prendre ombrage de cette remarque. Vous pouvez nous faire confiance. Tous les adeptes de la Ligue Evolutionniste sont triés sur le volet depuis cinq ans. Sans les prévenir, le Sage Poklos les a soumis chacun à l'influence du gaz hypnotique. Leur désir d'évasion est sincère. Aucun traître ne s'est infiltré dans nos rangs.

— Et depuis cinq ans vous avez pu, dans une aussi faible population par surcroît, tenir vos réunions et élaborer vos plans d'émigration sans éveiller les soupçons des Traditionalistes ? s'étonna Burton.

— Hélas non, répondit Lwinha, le chef de ce mouvement et son allié Ménèktou sont parvenus à faire des rafles chez les nôtres à plusieurs reprises lorsqu'ils découvraient une réunion. Deux cent soixante-sept jeunes gens et jeunes filles furent ainsi arrêtés. Ignorant l'identité de leur chef — toujours masqué — ils ne furent d'aucun secours pour Ménèktou, qui les condamna aux travaux forcés dans les gisements uranifères ou les mines de pierres précieuses. Depuis lors, nous sommes devenus plus prudents ; je continue à présider les réunions importantes et ne parais jamais le visage découvert. Vous verrez d'ailleurs très bientôt quel est mon travesti...

— Non ! intervint Poklos. A la suite de ton altercation avec Ménèktou, il serait de la plus grande témérité de vouloir encore présider les séances de ta Ligue. Tu vas être soumise à une surveillance rigoureuse de la part de Morkos, de Ménèktou et de leurs comparses. Renonce à patronner en personne ce mouvement et délègue une de tes amies, Zilna ou Maoloa, qui te subrogera.

— Je ne puis me dérober. Cette assemblée sera la dernière puisque nous n'entrevoyons pas, avant longtemps, une possibilité d'émigration. Nous nous contenterons de ne nous réunir dorénavant que pour des motifs offrant un intérêt exceptionnel. Morkos, Ménèktou et leurs séides auront beau me surveiller, ils ne parviendront pas à me voir quitter le palais puisque j'en sors par le passage secret.

— Puissent mes craintes ne pas être fondées, souhaita le vieillard.

— Nous allons maintenant vous laisser vous reposer, Poklos, annonça Kariven.

Tandis que Burton et Mc Murray prenaient congé de Zilna et Maoloa, Jean Kariven et Lwinha se serraient la main en échangeant un regard complice. Dans les grands yeux de la jeune fille au teint cuivré passa une brève lueur amusée, malicieuse, que ni les uns ni les autres ne remarquèrent.

Les appartements qui avaient été mis à la disposition des Blancs par le chef atlante se trouvaient de part et d'autre d'une immense galerie de l'aile droite du palais. Originellement destinées à accueillir les ministres de Poklos ou les prêtres de Paahl lors des cérémonies rituelles, ces chambres, au nombre de cinquante, bordaient l'imposante galerie au parquet fluorescent. Deux rangées de colonnes à chapiteaux montaient jusqu'au plafond.

Chacun des explorateurs choisit une chambre et y trouva tout ce qu'il pouvait désirer : nécessaire de toilette, salle de bains en marbre rose, bleu ou vert, linge de corps, et même une penderie renfermant des effets neufs on ne peut plus *up to date,* selon la conception atlante de la mode s'entend !

Après avoir souhaité le bonsoir à ses amis, Jean Kariven prit une douche très chaude et, pour se rafraîchir, il s'aspergea d'une excellente eau de toilette qui sur terre aurait certainement porté le nom de Pour un Homme de Caron. Il fit une grimace en constatant que son paquet de MS était sérieusement entamé. Il en avait un en réserve mais devrait se rationner. De derrière les cloisons lui parvenait la conversation étouffée de Ronny Burton et Mc Murray.

Une demi-heure s'écoula. Ne les entendant plus parler, Kariven pensa qu'ils étaient allés se coucher. Il se rhabilla, ouvrit silencieusement la porte et sortit dans la grande galerie qu'il parcourut sur la pointe des pieds. Il emprunta un large escalier menant au jardin en terrasse situé sur le toit du palais.

Au sommet des marches, Kariven perçut derrière lui, dans l'escalier, un chuchotement. Il prêta l'oreille, un bruit de pas discret lui parvint.

Il s'éloigna du porche ouvrant sur le jardin et s'engagea dans une allée de buissons odoriférants.

Sous ses pas, le gravier crissait. Il marcha sur les bords herbeux et s'arrêta à un croisement pour s'orienter. Les lumières de la cité atlante n'éclairaient que parcimonieusement ce lieu inconnu de lui.

Dominant le merveilleux jardin suspendu, un tertre coiffé d'arbrisseaux attira sa vue. Kariven jeta un coup d'œil en arrière et vit deux ombres furtives se profiler dans une allée adjacente. En trois bonds, il fut au pied de l'éminence qu'il escalada prestement.

Sous les arbustes, l'obscurité était presque complète.

Le médecin écarta les branchages et se trouva bientôt au milieu du bosquet, sur une éclaircie tapissée de mousse.

Entourée de feuillage, cette clairière en

réduction n'offrait qu'une superficie assez sombre. Attendant que ses yeux se fussent habitués à l'obscurité, l'explorateur sentit un parfum envoûtant dont la fragrance exotique lui rappelait celle de Narcisse Noir, de Caron. Soudain, une main se posa sur son bras et un corps frémissant se blottit contre lui. Lwinha était exacte au rendez-vous... Ce fut elle qui chercha ses lèvres. Elle gémit lorsqu'il caressa ses seins nus et se plaqua davantage contre lui quand sa main descendit vers son ventre satiné...

De nouveau, dans l'allée en contrebas, des crissements de pas troublèrent le silence. A ce moment, une lueur rougeâtre descendit sur la Vallée Heureuse, plongeant le jardin du palais dans une étrange luminosité purpurine.

A travers la cime des bosquets, les énormes projecteurs infrarouges suspendus au-dessus de la vallée apparurent, tenus comme par enchantement dans le ciel nuageux. Leurs rayons bienfaisants baignaient toute l'oasis polaire.

A travers les arbustes maintenant éclairés, Jean et Lwinha distinguèrent deux couples debout au pied du tumulus sur lequel ils étaient dissimulés. Deux couples également enlacés.

Burton et Zilna, Mc Murray et Maoloa connaissaient eux aussi leur premier rendez-vous dans le Monde Oublié !

Soulagé, l'explorateur sourit à sa partenaire qui l'étreignit de nouveau et tous deux reprirent alors leur intéressante... conversation...

***

Le lendemain matin, quand les explorateurs retrouvèrent le patriarche et la jeune fille, une mauvaise nouvelle les attendait.

— Ménèktou s'appuyant sur Morkos et ses partisans, déclara Poklos sans préambule, a fait connaître au peuple le dédain de Lwinha pour le titre « glorieux » que lui a attribué le Concile de Paahl. Le Grand Prêtre a annoncé lui-même par télévision que ce rejet sacrilège offensait les Dieux et qu'il méritait une sanction. Selon lui, le Concile de Paahl siégera cette nuit pour décider du sort de Lwinha...

— Je ne comprends vraiment rien à votre attitude ! se révolta Kariven. Vous, Poklos, Chef d'une colonie atlante vivant en vase clos depuis des millénaires, vous n'avez donc aucune autorité sur les fanatiques de Morkos et Ménèktou ? Allez-vous laisser prendre Lwinha pour qu'ils lui infligent Dieu sait quels sévices sans tenter une opposition par la force ?

— Par la force ? rétorqua douloureusement le vieillard. La Ligue Evolutionniste compte à peine un millier de jeunes gens, fidèles et prêts à tous les sacrifices il est vrai, mais que feraient-ils sans armes contre les gardes et le reste de la population conduits par Morkos et Ménèktou ? Mon pouvoir de Chef ? Il n'est plus qu'un panache, une tradition qui ne subsiste plus depuis deux générations que parce que les Prêtres de Paahl le veulent bien. C'est eux qui gouvernent en réalité, et non moi ! Le peuple, volontairement tenu dans l'ignorance et la superstition, vit plus dans la crainte des Dieux, et donc des prêtres, que dans celle des hommes. Ménèktou et ses prédécesseurs se sont toujours présentés comme étant une incarnation de Paahl, le Dieu de Justice Immanente devant lequel doit trembler le mortel. Dans ces conditions, êtes-vous étonnés que mon peuple obéisse plutôt à Ménèktou qu'à moi-même ?

Maîtrisant avec peine le tremblement de sa voix, Poklos poursuivit :

— Lwinha, son frère et moi sommes parvenus à éduquer près de trois cents Atlantes de la génération montante, adolescents et adolescentes pour la plupart, qui constituent le noyau du groupe Evolutionniste. Ceux-là nous sont dévoués... tout en ignorant que leurs chefs sont Lwinha, Lakton et votre serviteur. Ils ne connaissent que Zilna et Maoloa, nos fidèles porte-parole. Quand l'instant d'agir sera venu, nous pourrons être assurés de leur attachement. Mais il nous faudra encore trouver des armes. L'arsenal recelant les tubes électrocuteurs est une pièce forte de la pyramide supportant le Temple Sacré, qui est la forteresse des prêtres de Paahl. En dehors d'eux, moi seul y ai accès... à condition qu'un prêtre m'accompagne. J'ai, Dieu merci, un précieux allié en Lakton, un ami, presque un fils. Ce jeune prêtre s'est converti à nos idées, mais depuis mon retour il est trop surveillé par Ménèktou pour m'être présentement d'un grand secours. Le Grand Prêtre doit le tenir à l'œil car il a eu l'impression d'être filé, hier soir lorsqu'il est venu manger à nos côtés.

— Autrement dit, récapitula Kariven, tant que la seconde issue que nous soupçonnons d'exister ne sera pas découverte, nous serons voués à l'inaction et nous dépendrons d'une éventuelle saute d'humeur de Ménèktou !

— Saute d'humeur qui risque fort de se déclencher dès cette nuit, renchérit Lwinha. Nous devons tout craindre, mais en particulier le prochain verdict du Concile annoncé par Ménèktou. Il n'est pas tout à fait exact de dire que seul le Sage Poklos a accès au Temple Sacré. Un passage secret partant de ce palais mène à la pyramide mais il ne fait que traverser longitudinalement les murs de certaines salles, des laboratoires principalement.

— Les prêtres ignorent son existence car le secret, transmis de père en fils par mes ancêtres, est jalousement gardé, expliqua Poklos. Seuls Lakton et Lwinha en ont connaissance. Une légende veut que le sous-sol de la cité soit percé d'un véritable labyrinthe de couloirs et de souterrains reliant divers bâtiments au Temple. Mais nul ne les a jamais « redécouverts » après la période d'obscurantisme qui succéda à leur creusement. Nous admettons leur existence et pensons qu'ils doivent se perdre dans les marécages défendant l'extrémité nord de la vallée, où règnent les monstres préhistoriques. Là, dans un dédale de boyaux naturels s'ouvrant dans les rochers, commence un autre labyrinthe que personne n'a osé visiter. Son approche même est particulièrement dangereuse, pour ne pas dire impossible, en raison des animaux effrayants qui l'infestent et des marais pestilentiels qui bouchent littéralement la Vallée Heureuse. N'appelle-t-on pas cette région inhospitalière d'une expression que vous pourriez traduire, en anglais, par *le Val du Diable ?*

« Pour les Atlantes, ce labyrinthe, isolé par un champ électrique à haute tension qui barre la vallée d'un versant à l'autre, est le séjour de l'ombre, des démons et des morts. Superstition bien sûr que tout cela, mais néanmoins fondée sur l'inhospitalité naturelle du lieu et sur les dangers que présente sa faune. Au siècle dernier, une expédition composée de cent gardes bien armés s'engagea vers le nord, après que le champ électrifié eut été interrompu. Trois d'entre eux seulement en revinrent, nus et affamés, sans pouvoir faire le récit de leurs aventures. *Ils étaient devenus fous !*

— Un vrai paradis, quoi ! grimaça Mc Murray en se grattant la tête.

A cet instant, Zilna et Maoloa furent annoncées par un garde. Elles entrèrent dans la grande pièce, visiblement très agitées.

— Une révolte a éclaté dans la mine d'uranium ! lança Maoloa. Les gardes ont fait usage de leurs armes. Trente-sept de nos frères ont été carbonisés.

— Nous avons cru bon d'avancer la première

réunion annuelle, que nous avons fixée pour cette nuit, prévint Zilna.

— C'est préférable, approuva Lwinha, car j'ignore si demain je serai encore parmi vous. En toute éventualité et quoi qu'il arrive, conservez des contacts individuels avec nos membres sans vous réunir à nouveau. Soyez très prudents et doublez les guetteurs autour de notre repaire.

Se tournant vers les explorateurs, elle ajouta :

— Il ne me paraît pas inutile de vous montrer le passage secret qui mène au Temple. Bien qu'il n'aboutisse à aucune des pièces de l'édifice ou de la pyramide, son agencement vous permettra cependant de connaître la retraite de Ménèktou.

La porte de la grande salle soigneusement fermée, Lwinha se dirigea vers une sorte de bahut dressé contre le mur. Le battant ouvert montra, sur le fond du meuble, une série de commandes luminescentes. La jeune fille au teint cuivré abaissa une poignée, attendit cinq secondes, puis fit tourner un volant gradué.

La somptueuse fontaine d'intérieur qui trônait au centre de la salle arrêta son clapotis. Le jet d'eau qui tombait en cascade sur l'étincelant rocher cristallin diminua, puis mourut en crachotant encore quelques gouttes. Le rocher se souleva de cinq centimètres et pivota rapidement sur un axe décentré pour démasquer un orifice circulaire de deux mètres de diamètre.

Munis de bâtonnets puissamment lumineux, Lwinha, ses amies et les explorateurs descendirent un étroit escalier qui se terminait à l'entrée d'un souterrain voûté. Ils cheminèrent presque en ligne droite sur une distance de huit cents mètres environ, puis le couloir se rétrécit et monta en pente raide en décrivant une vaste spirale.

— Nous sommes en ce moment dans les fondations de la pyramide, commenta Lwinha. Le passage secret va s'élever insensiblement pour contourner diverses cryptes et salles affectées à plusieurs usages. Vous pouvez parler, mais à voix basse seulement.

Au premier coude du souterrain, Lwinha repéra une marque dans la paroi et fit jouer un déclic. Une pierre se déplaça, dévoilant un alvéole rectangulaire de quarante centimètres sur soixante. Sur un verre dépoli apparut une grande pièce, vue en plongée, telle qu'elle aurait été visible pour un observateur placé au plafond.

De nombreuses tables encombrées d'instruments de chimie, des ballonnets, des cornues, des serpentins, et des tubes à distillation fractionnée semblaient être vus à travers la chambre noire d'un appareil photographique, avec la différence que, présentement, l'image n'était pas inversée.

— Ceci est le laboratoire d'analyse chimique, expliqua Lwinha. Dans une pièce voisine se trouve le labo de phytopathologie. La porte que vous apercevez au fond à gauche, près des microscopes à rayons ultraviolets, donne sur le labo de physique.

— Pourquoi a-t-on une vue en plongée ? s'informa Kariven.

— Remarquez-vous au premier plan ces chapiteaux sculptés au sommet des colonnes soutenant le plafond ? indiqua la jeune fille. Dans l'un de ces chapiteaux est camouflé un miroir périscopique. Une série de prismes disposés dans un tube qui suit l'axe de la colonne nous envoie les images telles qu'elles se présenteraient si nous nous tenions au sommet de ladite colonne. C'est pourquoi l'ensemble du laboratoire est vu en plongée.

« Il est regrettable que nous ne puissions pas entendre les paroles des trois prêtres effectuant cette analyse, par exemple. Malheureusement, notre système périscopique ne comporte pas d'installation acoustique. La distance est trop grande. Le son ne nous parviendrait pas nettement. Quant à brancher des microphones d'ambiance au sommet de la colonne, cela présente trop de danger. Un court-circuit réduirait toute notre combinaison de surveillance à zéro.

Ils abandonnèrent ce poste d'observation et, montant toujours, atteignirent la hauteur d'un étage supérieur.

Un nouvel écran en verre dépoli leur montra une vaste crypte aux murs troués de casiers renfermant une quantité inimaginable de tubes électrocuteurs, de lances et d'engins bizarres tenant à la fois du fusil mitrailleur et du vieux tromblon. L'extrémité du canon évasé portait une sorte de convexité percée de plusieurs trous, assez semblables à une pomme d'arrosoir.

— Dans cet arsenal, en plus de l'armement que vous connaissez, se trouvent des fusils à rayons gamma, une arme récente dont la mise au point ne remonte qu'à dix ans. Jusqu'à maintenant, nous n'avons jamais eu besoin de nous défendre ni d'attaquer. Ces armes sont donc plutôt destinées à la chasse qu'à autre...

Lwinha s'interrompit : dans un angle de l'arsenal en partie caché par une colonne, deux hommes rouges ouvraient une porte. L'un d'eux, vêtu de la cape noire des Grands Prêtres, casqué d'or et arborant l'œil de rubis à son front, fut reconnu d'emblée par les explorateurs.

— Ménèktou ! s'exclama Kariven. Qui est l'hurluberlu qui l'accompagne ?

L'hurluberlu en question, petit, bedonnant et à moitié chauve, était on ne peut plus ridicule dans la toge blanche qui découvrait ses mollets nus. Son front bas et ses sourcils broussailleux ajoutaient à son air grotesque.

— Morkos, précisa Lwinha. Le tyrannique Morkos qui brigue le pouvoir et s'est allié à Ménèktou pour l'obtenir... si toutefois le Grand Prêtre ne le berce pas d'illusions pour conserver son aide avant de s'en débarrasser quand bon lui semblera. Ces deux loups doivent attendre une faiblesse de Poklos pour le dévorer... avant de s'entre-tuer !

— Deux conspirateurs, en effet, convint Kariven. Cela ne m'étonnerait pas qu'ils se soient alliés avec le secret espoir de se rouler mutuellement à la première occasion...

Les deux intrigants ouvrirent un casier et en retirèrent deux appareils à sangles comprenant trois des cylindres métalliques brillants. Des tubes annelés, flexibles, reliaient ces réservoirs à un masque noir caoutchouté. Une plaque abdominale avec commandes était accrochée à une ceinture.

— Qu'est-ce que c'est que cet engin-là ? s'étonna Lwinha en fronçant les sourcils. Un inhalateur à oxygène ?

— Ça m'en a tout l'air, confirma Kariven. Ménèktou semble en expliquer le fonctionnement à Morkos.

Perplexe, Lwinha pensa tout haut :

— Que comptent-ils faire de ces masques respiratoires ? Je n'en vois pas l'utilité. Ni leurs travaux de laboratoire, ni une visite dans les mines n'en justifierait l'emploi.

Après bien des gestes et des explications, Ménèktou et Morkos replacèrent les appareils dans leur casier et quittèrent l'arsenal. Alors, Lwinha et ses amis cessèrent leur surveillance pour suivre de nouveau le passage souterrain qui se rétrécissait et s'élevait progressivement.

— Nous pénétrons dans les murs du Temple bâti au sommet de la pyramide, précisa-t-elle. Ici, nous sommes à la hauteur du plafond du gynécée réservé aux douze prêtresses consacrées au Dieu Paahl.

Sur un écran dépoli apparut cette fois une

vaste pièce circulaire tapissée de tentures dorées. De splendides jeunes femmes n'ayant pour toute parure que des couronnes de fleurs rêvaient autour d'une piscine, en porphyre vert. Quelques-unes d'entre elles se baignaient ou nageaient mollement dans une onde transparente à reflets d'émeraude. Malgré le luxe et le raffinement dont elles étaient entourées, aucune d'elles n'affichait cet air souriant qu'arboraient les Atlantes vivant en liberté dans la Vallée Heureuse.

— Ces infortunées sont à la merci du repoussant Ménèktou, fit tristement Lwinha. Le jardin intérieur et les murs du Temple Sacré sont leur seul horizon. Elles vivront ainsi tant que dureront leur jeunesse et leur beauté. Personne ne sait quelle est ensuite leur destinée. Quand une femme entre au gynécée, elle ne reparaît plus jamais dans la cité atlante !

— Mais je ne vois là que onze femmes, s'étonna Burton. Où est donc la douzième ?

Lwinha ne put réprimer un frisson. Elle regarda Jean Kariven et se blottit contre sa poitrine en éclatant en sanglots convulsifs. Le chef de la mission avait compris la raison de son désarroi.

— Je ne les laisserai pas te prendre, Lwinha. Ils ne commettront pas une fois de plus cet odieux abus de pouvoir !

— Nous finirons bien par le coincer, ce vieux salaud ! grinça Ronny Burton. Ne vous alarmez pas prématurément, Lwinha. Ménèktou sera bientôt mis hors d'état de nuire. En nous alliant à votre Ligue, non seulement nous libérerons ces prêtresses recluses, mais nous permettrons aussi à votre peuple d'évacuer cet Eden trop étroit...

Ainsi parlait Ronny Burton, sans penser aux impondérables qui bouleversent parfois le destin...

CHAPITRE V

Les énormes projecteurs à rayons infrarouges suspendus au-dessus de la vallée s'éteignirent graduellement. La nuit reprit son règne, couvrant de son manteau sombre l'étrange Monde Oublié. L'épaisse couche de nuages qui plafonnait éternellement sur l'oasis antarctique ne laissait pénétrer ni le pâle éclat de la lune, ni le scintillement des étoiles. Deux heures durant, le rayonnement infrarouge serait interrompu puis il reprendrait pendant la même durée avant d'être de nouveau stoppé. Ce procédé d'irradiations alternées activait la croissance des végétaux et augmentait leur rendement en de notables proportions.

Dans les rues de la ville endormie, à la faible lueur des rampes mises en veilleuse, des ombres insolites se déplaçaient ; elles passaient hâtivement dans les endroits découverts et recherchaient davantage les zones obscures.

A la sortie sud de la cité, à travers un paysage chaotique fait de rochers noirâtres et de monticules de terre remuée, courait une route défoncée conduisant à une carrière abandonnée.

Dans cette carrière de gypse désaffectée s'ouvraient de nombreuses galeries descendant en pente douce.

A trois cents mètres sous terre, à l'intersection de plusieurs boyaux, dans une vaste salle au plafond soutenu par des pierres rectangulaires entassées en piliers, s'étaient rassemblés près de deux cents Atlantes.

Des bâtonnets luminescents accrochés aux aspérités des parois irrégulières répandaient une lueur blafarde.

Il y avait là des hommes et des femmes, jeunes en général, assis à même le sol terreux, sur des rondins ou adossés aux piliers.

Devant l'une des galeries se dressait une longue table de pierre. Trois sièges grossiers en bois mal équarri attendaient leurs mystérieux occupants.

Sans arrêt, des Atlantes arrivaient et allaient rejoindre un parent ou des amis. Par petits groupes, ils discutaient entre eux à voix basse.

Zilna et Maoloa, suivies des explorateurs blancs, firent bientôt leur entrée. Les conversations cessèrent et tous les regards convergèrent vers les nouveaux venus. Parmi ces êtres rouges, les Blancs étaient l'objet d'une vive curiosité. Après une courte hésitation, Kariven et ses compagnons imitèrent la majorité des Atlantes et s'assirent en tailleur sur le sol autour de la table en pierre.

Un silence quasi religieux régna sur l'assemblée.

Soudain, dans la galerie débouchant derrière la longue table, une lumière apparut, lointaine, trouant l'obscurité du boyau d'une vacillante lueur. Peu à peu, une forme sombre se dessina qui, rapidement, prit corps sous l'apparence d'une impressionnante cagoule noire.

L'énigmatique personnage émergea du souterrain, leva la main droite, la paume tournée vers l'assistance, et déclara en atlante d'une voix féminine aux accents chauds et graves :

— Salut à vous, Fils d'Atlantis !

Une suave bouffée d'un parfum qui évoquait Narcisse Noir avait accompagnée l'entrée « en scène » de l'inconnue.

Les conjurés, qui s'étaient dressés, firent le même geste en murmurant dans un ensemble parfait :

— Salut à toi, ô Déesse de l'Ombre !

Les explorateurs s'entre-regardèrent et levèrent eux aussi la main en signe de salut, sans répéter une formule qu'ils ne comprenaient pas.

Ils n'ignoraient cependant pas que sous cette austère cagoule noire (qui laissait malgré tout deviner des formes féminines) se dissimulait Lwinha, la protégée de Poklos. Néanmoins, cet accoutrement, ce cérémonial et ce lieu sinistre créaient en eux une sensation bizarre, une crainte irraisonnée.

Assise entre Zilna et Maoloa, Lwinha prononça un assez long discours dont les explorateurs avaient été préalablement avertis. S'ils ne pouvaient le suivre, du moins en connaissaient-ils la teneur.

Forte de la présence des étrangers parmi ses fidèles, Lwinha, expliqua avec force détails ce qu'était la vie dans le Monde Extérieur.

Elle flétrit la politique périmée des Traditionnalites mais préconisa la prudence et la patience, alléguant que l'heure de l'émigration n'avait pas encore sonné. Des recherches discrètes mais opiniâtres allaient être entreprises afin de découvrir l'éventuelle seconde issue permettant de fuir cette Vallée qui, tôt ou tard, si les Traditionalistes l'emportaient, deviendraient le tombeau de la civilisation atlante. D'autre part, si les bombes atomiques des hommes du Monde Extérieur détruisaient l'oasis antarctique, les Atlantes n'auraient rien à regretter. Ils seraient accueillis par les pays d'où venaient les Blancs. Mais pour cela, il fallait à tout prix avertir la base des explorateurs en leur demandant de différer l'explosion décisive, sans quoi l'ensemble des humains de la Vallée périraient ! Elle leur précisa également que devant la surveillance constante de Morkos et de Ménèktou, qui s'efforçaient par tous les moyens de décimer le groupement évolutionniste, les réunions devraient être supprimées jusqu'à nouvel ordre.

Des pas précipités, assourdis par les voûtes, troublèrent le discours de Lwinha. Des cailloux dévalèrent la pente d'une galerie et roulèrent jusqu'au milieu des dissidents. Quelques secondes plus tard Lakton, le frère de Lwinha, essoufflé par une course éperdue, fit irruption dans la salle. Derrière lui, d'autres cailloux entraînés par ses pas l'accompagnaient dans un nuage de poussière blanchâtre.

— Vous êtes découverts ! cria-t-il. J'ai pu fausser compagnie aux gardes de Ménèktou qui doivent en ce moment cerner la carrière...

Les Blancs avaient immédiatement rejoint Lwinha. Une indicible angoisse se lisait sur le visage des rebelles assemblés.

Au fur et à mesure que son frère parlait à la foule, Lwinha traduisait en anglais à l'intention de ses amis :

— Ménèktou, avec la complicité de Morkos et ses sbires, s'est emparé du palais. Le Grand Prêtre, qui mûrissait son plan depuis longtemps, a drogué Poklos et lui a arraché le secret de notre retraite. Votre arrivée dans la Vallée Heureuse a déterminé cet ambitieux à agir ! Venez !

Fébrilement, les conjurés munis de bâtonnets lumineux s'engagèrent dans le souterrain obscur d'où Lwinha était sortie.

Des galeries voisines quelques pierres commencèrent à rouler, annonçant l'approche des gardes. Le boyau montant qu'avaient emprunté Lwinha et ses disciples conduisait à un passage secret. Traversant la cité, il aboutissait aux abords de la piscine, sous un rocher mobile entouré de taillis et de verdure. Les fugitifs fermant la marche harcelaient ceux qui les précédaient.

Effectivement, derrière eux, dans l'ovale sombre du boyau, des points lumineux se rapprochaient. Les hommes de Ménèktou ne devaient pas avoir eu de mal à trouver laquelle des six galeries avaient empruntée les dissidents. Le sol friable, constellé des innombrables empreintes de pas laissées par les fuyards, leur avait indiqué la direction à prendre.

Talonnés par les gardes qui gagnaient du terrain, les Atlantes évolutionnistes couraient maintenant dans une folle bousculade. Des jeunes femmes et des jeunes filles tombaient, entraînant dans leur chute ceux qui les suivaient de près. Relevées par leurs compagnons, elles reprenaient leur course haletante, couvertes de poussière, exténuées mais avançant avec l'énergie du désespoir.

Au bout de la galerie c'était le grand jardin, les buissons et les taillis où tous pourraient s'égailler et échapper ainsi au féroce Ménèktou. Dans la nuit, ils ne pourraient être tous reconnus et ils conservaient l'espoir d'échapper à la pseudo-justice des Traditionalistes.

Alors que ces pensées hantaient l'esprit de ceux qui fermaient la marche, les premiers fugitifs conduits par Lwinha, Lakton, Zilna et Maoloa escortés des explorateurs, arrivaient à l'extrémité du souterrain. Un puits en pierre haut de deux mètres terminait le boyau. Une échelle métallique était scellée dans la paroi.

Lwinha pressa une pierre. Lentement, trop lentement au gré des poursuivis, une ouverture se découpa au sommet du puits.

Le rocher, tiré par des chaînes, bascula complètement.

Lwinha, immédiatement suivie par Kariven, grimpa lestement les échelons et se trouva au milieu des buissons et des arbustes. L'air frais caressa doucement le visage de la Déesse de l'Ombre. Tandis que jeunes gens et jeunes filles sortaient hâtivement du puits, elle respira profondément avec un soulagement visible. Mais avant même qu'elle n'eût expiré l'air, des cris et des cliquetis d'armes lui coupèrent le souffle.

Les gros projecteurs infrarouges s'éclairèrent brusquement et illuminèrent le jardin d'une impressionnante lumière écarlate. Sous cette clarté, la piscine semblait remplie de sang. Lwinha laissa échapper un cri d'angoisse et se jeta dans les bras de Kariven. Affolées, Zilna et Maoloa se cramponnaient à Burton et à Mc Murray.

Dans un rayon de cinquante mètres autour du puits se déployait un cordon de gardes menaçants, prêts à faire cracher leurs tubes électrocuteurs !

— Un traquenard ! grinça Lwinha.

Voyant que Kariven, à l'instar de Mc Murray, dégainait son colt, Lakton ordonna d'une voix saccadée :

- Non ! Cachez soigneusement vos armes.

En tirant maintenant, vous signeriez notre arrêt de mort !

Kariven et Mc Murray enfouirent donc prestement leur colt dans leurs larges bottes fourrées en se dissimulant derrière leurs jeunes amies.

Le cordon de gardes se resserrait toujours.

— Mains en l'air ! cria Morkos, qui dirigeait en personne les opérations.

Accablés, les conjurés obtempérèrent.

Lwinha, toujours revêtue de sa cagoule noire, marchait aux côtés de Jean Kariven. Derrière eux venaient Lakton, Zilna, Burton, Maoloa et Mc Murray. Les autres explorateurs — qui avaient retrouvé les jeunes filles rencontrées à la piscine le jour de leur arrivée — suivaient à pas lents.

La colonne des prisonniers fut conduite sur l'immense place où se dressait le palais de Poklos.

Ménèktou, le Grand Prêtre de Paahl, descendit alors les marches imposantes. Sa tunique noire volant au vent et l'œil de rubis collé à son front le faisaient ressembler à une diabolique chauve-souris borgne.

Il vint se planter devant les captifs qu'il toisa avec mépris. Un sourire de triomphe tordait sa bouche. Il paraissait chercher quelqu'un parmi les infortunés tombés en son pouvoir. Ses yeux cruels et rusés, à demi clos, parcoururent les visages et s'attardèrent sur les Blancs. Quand il vit Kariven qui tenait étroitement une forme en cagoule par les épaules, il hocha la tête d'un air entendu et lança un ordre.

Quatre gardes marchèrent aussitôt sur le Français ; deux le maintinrent solidement tandis que les deux autres amenaient sa compagne devant Ménèktou.

Le Grand Prêtre saisit le capuchon de la cagoule et l'arracha d'un geste sec, dévoilant ainsi publiquement la personnalité de la Déesse de l'Ombre.

— Lwinha ! ricana-t-il. J'en étais sûr avant même que Poklos ne me l'avoue docilement ! Ainsi, tu joues les « libératrices » et berce de folles promesses quelques jeunes écervelés assoiffés d'espace et de nouveaux cieux.

« C'est pour ça que tu as repoussé le titre glorieux de Grande Prêtresse ? Tu laveras cette abomination dans ton propre sang. Au premier soleil de minuit, tu seras exécutée sur le parvis du Temple Sacré !

Bouleversées par cette infamie, Zilna et Maoloa rassemblèrent tant bien que mal quelques mots d'anglais pour renseigner les Blancs.

Ménèktou agrippa Lwinha par le poignet droit et la fit avancer en lui tordant le bras dans le dos. Kariven se débattit comme un forcené, cogna de toutes ses forces et sauta en arrière alors que ses deux gardes, espérant le coincer, fonçaient déjà l'un vers l'autre.

Le courageux médecin saisit en plein élan les Atlantes par le cou et entrechoqua violemment leurs crânes. Assommés, les deux hommes se donnèrent l'accolade avant de s'effondrer sur le sol !

La scène s'était déroulée en quelques secondes. Kariven courut vers Ménèktou mais, au moment où il allait bondir, un crépitement sec retentit. Lwinha poussa un cri de rage et tenta de se dégager, mais le Grand Prêtre accentua sa torsion du bras. La captive hurla de douleur et, vaincue, elle avança en pleurant.

Le tube électrocuteur de Morkos avait expulsé un rayon. Pris dans un faisceau de foudre miniature qui le paralysait, Kariven s'écroula en grimaçant. Une odeur d'ozone qui piquait à la gorge flottait autour de son corps. Deux gardes le soulevèrent tandis que la colonne des prisonniers, maltraités par les Traditionalistes, s'ébranlait.

***

Confortablement installé dans le palais du Chef atlante, Ménèktou narguait ouvertement celui qu'il venait de renverser.

Dans la salle spacieuse au milieu de laquelle trônait la fontaine truquée, Ménèktou fustigeait Poklos de paroles goguenardes.

Le vieillard blessé, assis dans son fauteuil mécanique roulant, terrassé par cet audacieux coup d'Etat, courbait la tête. En proie à un désespoir sans précédent, il pleurait sur le rapt de Lwinha et le destin néfaste des Evolutionnistes qu'il avait entraînés dans cette pitoyable aventure.

Animé d'un sursaut de révolte, il apostropha le Grand Prêtre félon :

— Je suis en ton pouvoir, misérable ! Tu règnes maintenant sur la Vallée Heureuse. Que te faut-il de plus ? Tue-moi et laisse vivre en paix Lwinha, son frère et nos amis. Ils ne pourront plus quitter notre Monde Oublié. Pourquoi donc les garder captifs et condamner cette innocente ?

— Pour le peuple, ricana Ménèktou, le Dieu Paahl — que je suis censé représenter — a parlé. Lwinha est coupable de rébellion. Elle mourra. Quant à toi, pourquoi te tuerais-je ? Nos lois nous interdisent d'appliquer la peine de mort à un vieillard. Les Evolutionnistes que Lwinha excitait contre nous, les purs continuateurs de la Tradition, nous seront plus utiles vivants que morts. Ils ont trempé avec toi dans le complot sans savoir que leur Déesse de l'Ombre était ta protégée... Tu seras donc avec eux et tu partageras leur condamnation.

Ménèktou frappa des mains et, aux deux gardes qui accouraient, il ordonna :

— Enfermez-le dans une chambre. Sitôt rétabli, il rejoindra les autres prisonniers.

***

Lorsque Jean Kariven ouvrit les yeux, il vit les visages anxieux de Burton, Mc Murray, Zilna, Maoloa et Lakton penchés au-dessus de lui.

— Nous avons bien cru que tu étais électrocuté ! déclara Ronny Burton, soulagé de voir son vieux camarade reprendre connaissance. Comment te sens-tu ?

Kariven se releva et, se tâtant les côtes, il fit une grimace :

— Comme un type qui aurait essayé une chaise électrique !

Il esquissa un sourire et rectifia :

— Une « petite » chaise électrique. J'ai eu l'impression de recevoir un terrible coup de fouet... ou d'avoir passé un quart d'heure sur une table vibrante couverte de clous... ou les deux choses à la fois peut-être. Pas très agréables, leurs tubes électrocuteurs !

— Vous avez eu de la chance, observa Lakton en rassemblant dans sa mémoire les bribes de l'anglais enseigné par Poklos. Si Morkos vous avait lâché toute la puissance de son arme, vous seriez mort foudroyé.

Le médecin parcourut du regard leur lieu de détention : un long bâtiment rectangulaire. Soixante lits métalliques en bordaient les côtés dans le sens de la longueur. Les trois quarts étaient occupés par des Atlantes.

— Nous sommes dans un « bloc » de détenus condamnés aux travaux forcés, le renseigna Lakton. Les prisonnières occupent le bloc adjacent.

Etonné, Kariven constata que les deux amies de Lwinha assistaient cependant à l'entretien. Avant qu'il ne parle, le jeune prêtre ajouta :

— Les portes de communication des deux blocs ne sont pas fermées. Si la discipline extérieure concernant le travail est rigoureuse, le règlement intérieur est plus humain. Ceci, qui peut vous paraître paradoxal, s'explique par le fait que, dans la Vallée Heureuse, il n'existait pas de délit de droit commun. Le vol, le meurtre et d'autres méfaits analogues avaient été bannis de notre société... bien qu'actuellement Ménèktou ne se gêne guère pour infliger des entorses à nos lois.

« Cette promiscuité, au sein d'un « bagne d'honnêtes gens », n'entraîne aucun abus ni aucun trouble entre individus ayant une idéologie commune.

— Un bagne d'honnêtes gens, mais un bagne quand même ! grommela Kariven, tout à fait remis de son fâcheux accident, à part une courbature persistante qui ankylosait ses muscles.

— Oui, convint Lakton. Mais comme la main-d'œuvre est chez nous assez rare, nous serons tout de même traités avec moins de rigueur que dans un bagne du Monde Extérieur. Si nous accomplissons journellement notre travail, nous mangerons à notre faim et les gardes-chiourme nous laisseront en paix.

— Et combien de temps durera notre villégiature en ce lieu de plaisir ? s'enquit Mc Murray, faussement désinvolte.

Lakton eut un geste d'ignorance :

— Dans notre cas qui relève de la juridiction

sanctionnant les actes antigouvernementaux et plus particulièrement du tribunal du Grand Prêtre de Paahl, nous pourrons nous estimer heureux si notre peine n'excède pas cinq ans...

— Cinq ans ! explosa Kariven. Et vous croyez que nous allons sagement prendre patience jusque-là ?

Le Français enfouit la main dans sa botte droite et, entre le tissu du pantalon et la fourrure en Orlon, il eut la satisfaction de toucher l'acier de son colt.

— J'ai aussi le mien, dit Mc Murray en tapotant affectueusement sa botte. Nous serons peut-être contraints de nous en servir avant longtemps.

— De quel genre sera notre travail forcé ? interrogea Kariven.

— Nous serons sans doute envoyés dans une mine de gemmes précieuses, à moins qu'il ne nous faille peiner dans les gisements uranifères. Cela ne serait pas très drôle. La chaleur y est accablante et, malgré les combinaisons protectrices, l'accumulation des radiations reçues risquent de nous rendre aveugles... ou cancéreux !

— De mieux en mieux ! Mais qui donc travaille habituellement dans ces mines ?

— Dès l'âge de dix-huit ans, les Atlantes sont tenus d'accomplir une période d'un mois dans une exploitation minière, une fois par an.

Kariven demeura pensif et, sans songer à dissimuler son inquiétude ou son émotion, il questionna :

— A quelle date est fixée l'exécution de votre sœur ?

— Au solstice d'été ; le 22 décembre (1)... Dans six jours.

— Six jours de sursis seulement ! murmura-t-il. Et nous voilà bouclés pour au moins cinq ans !

Il considéra ses amis et grogna avec amertume :

— Si quelqu'un a une idée, je suis preneur !

***

Une sonnerie stridente tira les prisonniers d'un sommeil agité. La morne existence des pénitenciers commençait pour eux. Imitant leurs codétenus, Kariven et ses compagnons se dirigèrent vers les douches. Un quart d'heure plus tard, captifs et captives revenaient s'aligner d'un pas traînant devant leur bloc respectif.

Dans un vaste quadrilatère s'érigeaient huit bâtiments identiques. Au milieu de la cour centrale trônait une tour cylindrique, en métal rouge, qui dominait le camp et qui servait de mirador pour les surveillants. Une série de hauts pylônes reliés entre eux par un robuste grillage électrifié ceinturait le pénitencier. A travers ce

(1) Dans l'hémisphère Sud, le solstice d'été est au mois de décembre ; le jour le plus long (soleil de minuit) sera donc celui du solstice. Dans l'hémisphère Nord (sous notre latitude), il sera au mois de juin.

treillis, au loin en direction du sud, la cité atlante brillait d'un éclat rouge vif dans l'air frais du matin. Son revêtement protecteur en *Orikank* (1) lui donnait l'apparence d'un rubis fantastique.

Comme il fallait s'y attendre, l'éternel matelas de nuages masquait le sommet des montagnes enserrant l'oasis antarctique. Le soleil, disque pâle et blafard, ne montait jamais haut sur l'horizon et suivait les crêtes escarpées nimbées de brumes.

Dans les rangs voisins du leur, Burton et Mc Murray aperçurent Zilna et Maoloa. Ils leur adressèrent un signe de la main, ce qui leur valut de se faire rappeler à l'ordre par le garde-chiourme affecté au bloc n° 2. Au signal des surveillants en tunique rouge, les prisonniers se mirent en marche derrière un chef de file. Arrivés devant le réseau à haute tension, ils s'arrêtèrent et attendirent que la vigie du mirador central commandât le dispositif d'ouverture. Le grillage blindé se souleva lentement en grinçant. Dans les alvéoles des pylônes métalliques, des gerbes d'étincelles crépitantes vacillaient le long des rainures et des câbles d'entraînement, au fur et à mesure que le grillage remontait.

(1) La tradition veut que les immeubles et les constructions atlantes aient été recouverts d'un beau métal rouge qui nous est inconnu et dont seul le nom nous est parvenu : l'*Orichalque*.

Les premières colonnes de bagnards s'étirèrent et prirent la direction des mines, les unes souterraines, les autres à ciel ouvert. Après avoir parcouru un kilomètre à l'opposé de la ville et escaladé une pente d'éboulis dangereux, les captifs arrivèrent sur une immense terrasse taillée au flanc de la montagne. Sur la paroi abrupte trouée de galeries se dressait un monumental échafaudage métallique. Des treuils, des monte-charge, des tapis roulants, des plans inclinés à rouleaux mobiles et même des godets téléfériques peuplaient cet assemblage de poutrelles et de piliers en Orikank rutilant.

A la suite du chef de file, les prisonniers s'entassèrent dans les gigantesques élévateurs verticaux qui, en vingt secondes, les amenèrent à l'entrée des galeries situées à deux cents mètres du sol. Les chefs de file renvoyèrent les élévateurs et canalisèrent leur troupeau humain dans les divers boyaux. Les explorateurs eurent la chance de n'être pas séparés. Les groupes étant mixtes, certaines jeunes filles amies de Lwinha — dont Zilna et Maoloa notamment — faisaient partie de la même équipe. Lakton était parvenu à permuter avec un jeune Atlante qui accepta de rejoindre une autre équipe afin de le laisser avec les Blancs.

A l'entrée de la galerie, un ingénieur des mines flanqué de deux gardes en arme confiait à chaque prisonnier ou prisonnière une espèce de gros fusil dont la crosse portait une concavité percée de deux trous. « Une prise de courant », se dit Kariven en l'examinant avec curiosité.

Munis de cet instrument bizarre, les membres de la mission scientifique Kariven-Burton transformés en bagnards commencèrent à descendre dans la grande galerie.

Ils songeaient avec amertume qu'à l'heure actuelle, ils auraient dû normalement quitter la Baie des Baleines et voguer vers les USA à bord du brise-glace atomique *Ice Flower*. Seuls deux hélicoptères géants seraient restés sur les lieux pour filmer les effets destructeurs du chapelet d'explosions nucléaires qui devaient faire fondre la monstrueuse banquise menaçant l'équilibre de la Terre.

CHAPITRE VI

Arrivés au fond de la galerie tapissée de poutres et de chevrons sur lesquels, par intervalles, étaient fixés des bâtonnets éclairants, les prisonniers se mirent au travail. Les Blancs et les Atlantes nouvellement arrivés ignoraient tout de la technique à suivre ; ils furent instruits par un assistant qui leur enseigna le fonctionnement des « fusils vibrateurs ». Du plafond pendaient une multitude de câbles extensibles, soigneusement isolés et terminés par une prise de courant.

L'assistant répartit les captifs devant les parois gauche et droite jusqu'à une vaste excavation dépourvue d'étayage parce que fraîchement creusée.

Les câbles électriques furent tirés et branchés à la prise des « fusils » dont la détente commandait la mise en marche.

Lakton ayant traduit les instructions de l'assistant, ce dernier se recula pour observer les premiers essais des hommes blancs.

Jean Kariven, Mc Murray et Burton, postés à

deux mètre les uns des autres, appuyèrent sur la détente en dirigeant leurs fusils contre la paroi terreuse.

Une vibration tapageuse, multipliée par les outils des autres prisonniers, emplit la voûte et se répercuta dans un vacarme assourdissant.

Sous le flux des ondes dislocatrices dont la faible amplitude ne pouvait détériorer les gemmes, les parois se craquelaient, s'effritaient. Des pans entiers de pierrailles et de terre s'écroulaient sur le sol, s'amoncelant en tas irréguliers. Dans ce magma informe qui, aux yeux du profane n'était constitué que de cailloux et de poussière, se trouvaient en grande quantité des rubis, des diamants et des émeraudes enrobés dans leur gangue.

Par une curieuse fantaisie géologique, ces trois sortes de gemmes étaient mêlées dans un même terrain. Cette mine, à elle seule, produisait davantage que tous les plus riches gisements du Transvaal réunis !

Quand l'accumulation des matériaux produits par la vibration atteignait un volume suffisant, le mineur débranchait son vibrateur, abandonnait son poste et allait se placer à l'extrémité de la file où il attaquait une nouvelle portion de la galerie. Une tubulure mobile montée sur rail s'avançait alors dans la mine. Manœuvrée par un bagnard, elle aspirait successivement tous les monticules de minerai tombé des parois et qui recelaient des pierres précieuses mélangées à des impuretés. Dans un grondement infernal, l'aspirateur géant avalait ces matières à une vitesse prodigieuse.

Le bas de la paroi étant redevenu net, les prisonniers reprenaient leur travail ou continuaient à progresser vers le fond tandis qu'une équipe nouvelle allait occuper leurs places précédentes.

A la longue, l'usage de ce lourd fusil vibrateur s'avérait très pénible. En fonctionnant, il ébranlait l'opérateur qui vibrait lui-même de la tête aux pieds.

Fatiguant pour l'homme, ce travail l'était encore plus pour les femmes qui, très jeunes en général, n'avaient pas une bien grande résistance physique. Les jeunes filles rouges, couvertes de poussière et ruisselantes de sueur, s'arrêtaient fréquemment pour reprendre haleine.

Si ces interruptions se reproduisaient trop souvent, ce qui était précisément le cas, les gardes intervenaient ; sous la menace de leur tube électrocuteur, ils contraignaient les prisonnières à poursuivre leur harassante besogne.

***

Le soir, exténués, courbatus, et le corps enduit d'une couche de terre que la sueur collait par plaques sur la peau, les prisonniers remontèrent lentement du fond de la mine.

Les élévateurs les déposèrent au pied de la falaise d'où ils gagnèrent les douches dont ils avaient grand besoin.

Propres, et jouissant des bienfaits des jets d'eau minérale — abondante dans cette région volcanique — ils s'installèrent, ou plutôt ils se laissèrent tomber sur les bancs du réfectoire. Le repas terminé, en silence, les bagnards furent conduits à leurs blocs, le seul endroit où ils pouvaient encore échanger librement leurs impressions.

Dans un bloc voisin, quelques jeunes Atlantes entonnaient un chant nostalgique repris en chœur par d'autres prisonniers.

Assis en tailleur à même le sol cimenté ou adossés contre les lits, les explorateurs faisaient cercle autour de Kariven, de Burton, Mc Murray et Lakton. La porte communiquant avec le bloc des femmes s'ouvrit pour livrer passage à Zilna, Maoloa et les vingt autres Atlantes qui se baignaient naguère en compagnie de l'infortunée Lwinha.

Leurs pas lents et leurs traits tirés montraient combien elles étaient épuisées par cette première journée de travaux forcés. Les explorateurs s'écartèrent et firent à chacune une place à leur côté.

Appuyée contre l'épaule de Billy Mc Murray, Maoloa rompit le silence d'un air attristé :

— Nous sommes vraiment désolées de vous avoir entraînés dans cette aventure désastreuse. Si vous n'aviez pas assisté à notre réunion, vous n'auriez pas été arrêtés et condamnés à ce labeur forcené.

S'adressant au médecin de l'expédition polaire, elle poursuivit :

— Tu as non seulement perdu Lwinha, Kary, mais aussi ta liberté. Nous sommes impardonnables de vous avoir associés à nos malheurs !

— Ce n'est ni ta faute ni celle de tes amies, Maoloa. Si nous n'avions pas été présents à votre réunion, Ménèktou n'en aurait pas moins pris le pouvoir. A la tête de la cité, il pouvait tout aussi bien nous faire incarcérer et nous envoyer ensuite dans les mines. Se lamenter ne sert à rien. Il faut agir.

— Facile à dire, objecta Mc Murray. Mais où ? Quand ? Et comment ?

— Où ? reprit Kariven. Ici même. Quand ? Cette nuit. Comment ?... Eh bien, nous allons voir ça tout de suite.

Ses amis le regardèrent, sceptiques et incrédules, mais vivement intéressés malgré eux.

— Tout d'abord, les gardes ne pourront soupçonner que, dès notre premier jour de bagne, nous songions à nous évader. D'autre part, s'évader d'ici ne signifie pas grand-chose, étant donné l'exiguïté de la Vallée Heureuse. Et ils le savent bien. Où que nous allions, nous serions repris tôt ou tard. La vallée ne fait que vingt kilomètres sur cent, non compris les marécages du nord infestés de monstres. Dans cet espace restreint, une cachette ne peut être dissimulée longtemps. Forts de ce raisonnement et confiants dans le grillage électrifié à haute tension, les surveillants doivent dormir sur leurs deux oreilles ou, tout au moins, ne veiller que par acquit de conscience.

— N'oublie pas que les bagnards de la mine d'uranium se sont révoltés, mais en vain, souligna Maoloa inquiète. Ils ont été matés en peu de temps et ont perdus trente-sept des leurs...

— Raison de plus pour agir cette nuit, répondit Kariven devant ses interlocuteurs ébahis par cette « raison » inattendue. Si les pauvres types se sont faits prendre et ont échoué, cet échec doit servir de leçon aux autres détenus, dans l'esprit des gardes. Non ?

Mc Murray eut une moue perplexe et, pensivement, commença :

— C'est-à-dire que...

— J'étais sûr que tu serais de mon avis, le tutoya familièrement Kariven en enchaînant sur un ton décidé tandis que Mc Murray, déconcerté, esquissait un geste de résignation. Comme nous ne connaissons qu'imparfaitement les lieux, Lakton et nos amis nous guideront. Voilà comment je vois la chose...

***

Maoloa jeta un coup d'œil circulaire. Dans le bloc des femmes, toutes ses compagnes semblaient dormir.

Par les grandes fenêtres aux barreaux d'acier, les projecteurs à infrarouge répandaient, à travers les rideaux, une douce lumière rougeâtre.

Habitués à cet éclairage intermittent, les Atlantes ne s'en trouvaient pas incommodés.

Un simple pagne autour des reins, Maoloa s'avança près de la baie angulaire, repoussa le rideau et s'assit sur le rebord en ciment.

Adossée contre le chambranle, les jambes allongées et le bras droit passé entre les barreaux d'acier, elle paraissait rêver avec tristesse.

Dehors, les pas du garde qui déambulait autour du bloc se rapprochaient. L'ombre de sa tunique rouge se profila sur le sol. Il apparut, passa devant la fenêtre et s'éloigna. Le bruit de ses pas cessa brusquement.

Maoloa, le cœur battant, attendit.

Les pas reprirent en sens inverse. Le garde n'avait pas fait le tour complet réglementaire. Ayant réalisé que quelque chose « clochait », du côté de la fenêtre, il revenait. L'homme se planta devant les barreaux de la baie, intrigué ; il considéra la jeune fille en silence.

Celle-ci feignit de ne pas avoir remarqué sa présence, mais ses doigts crispés serrèrent un peu plus fort les barreaux d'acier.

Sa tête restait dans l'ombre, et sous le feu des projecteurs, son corps prenait des tons de cuivre rouge patiné par le temps. Sa taille fine, ses longs cheveux noirs à reflets roux et l'éclat de sa jeunesse captivaient le garde qui se rapprocha, non sans conserver en main son tube électrocuteur.

— Pourquoi n'es-tu pas couchée ? demanda-t-il d'une voix qu'il voulait autoritaire.

Son attitude, son air perplexe et hésitant démentaient cette rudesse. Il tentait évidemment de dissimuler son trouble devant cette prisonnière pas comme les autres.

— J'ai le cafard et ce travail me tue, répondit-elle en montrant ses yeux au bord des larmes. Je ne pourrai pas résister longtemps, dans cette mine infernale, au milieu de la poussière étouffante, et constamment ébranlée par les vibrateurs...

La sentinelle se rapprocha davantage, glissa sa main sous la courte tunique et caressa ses cuisses :

— Je peux peut-être arranger ça. Le chef de la station de triage est un de mes amis. Il me serait facile de lui parler de toi... si tu es gentille avec moi, naturellement.

Maoloa voila son dégoût sous un battement de paupières renforcé d'un sourire. Elle parvint à grand-peine à réprimer un mouvement d'aversion lorsque l'homme chercha à forcer la barrière de son slip.

Voyant que la prisonnière ne lui était pas tout à fait hostile, le garde posa imprudemment son tube électrocuteur sur le rebord de la fenêtre. Accidentellement poussé par son propriétaire, le tube tomba brusquement de l'autre côté, *dans le bloc des femmes.*

Le surveillant connut un moment d'angoisse, mais lorsque, sans quitter son point d'appui, Maoloa ramassa l'arme pour la rendre à son geôlier, celui-ci poussa un soupir de soulagement. Complètement rassuré quant aux bonnes intentions de sa « protégée », il déclara :

— Tu mérites que j'intervienne auprès de mon ami. Il te fera admettre à la station de triage. Le travail y est beaucoup moins pénible...

— Fermez-là ! jeta une voix féminine, non loin de la fenêtre.

Le garde haussa les épaules à l'injonction de la dormeuse au sommeil léger et chuchota :

— Je crois que je peux te faire confiance. Viens à la porte. Nous allons « causer » gentiment dehors...

Il termina cette phrase avec un sourire égrillard.

Maoloa mit quelques secondes à se décider, puis elle quitta la fenêtre et marcha vers la porte. Le garde parut dans l'entrebâillement. La jeune fille franchit le seuil et fit aussitôt un bond de côté.

La porte s'ouvrit toute grande. Avant que le surveillant se soit rendu compte de ce qui lui arrivait, il tombait, assommé par Kariven. Mc Murray et Burton se tenaient prêts à intervenir en cas de nécessité.

Depuis le début de cette habile mise en scène, les explorateurs se dissimulaient sous les lits des prisonnières, qui maintenant se levaient en hâte.

Le corps du cerbère fut traîné à l'intérieur du bloc et enfermé debout dans un placard métallique à vêtements.

Kariven et Mc Murray, le colt au poing,

sortirent prudemment et longèrent le mur. A l'angle du bâtiment, ils attendirent un instant et bondirent sur le second garde... qui dormait paisiblement ! Cet homme devait en principe partager la surveillance avec son coéquipier. Mais trop sûrs de la tranquillité des prisonniers, et contrairement aux consignes, l'un dormait pendant que l'autre veillait.

Ronny Burton, désarmé, s'empara d'un tube électrocuteur tandis que Lakton prenait l'autre. Les bagnards restèrent dans les blocs en attendant le signal de la ruée.

Kariven, Burton, Mc Murray et Lakton se coulèrent dans l'ombre, en direction du mirador central. C'était de la tour métallique qu'on pouvait commander l'ouverture des grillages soumis au courant à haute tension.

A l'unique porte du mirador, un homme, bien éveillé celui-là, montait la garde. Kariven prit une poignée de gravier et l'envoya derrière la sentinelle.

L'homme se retourna brusquement, le tube électrocuteur prêt à tirer.

Lakton leva la main et, de toutes ses forces, lança son propre tube qui tournoya dans l'air.

Son adresse était extraordinaire. Le lourd engin atteignit le garde à la nuque et tomba sur le ciment avec sa victime.

Le bruit avait été insignifiant, beaucoup plus insignifiant qu'une décharge électrique. Lakton eut tôt fait de fouiller le garde-chiourme et d'ouvrir le vantail blindé. Tous quatre s'engouffrèrent dans la tour et commencèrent à en gravir les marches.

Soudain, une lourde plaque métallique tomba du plafond et obstrua derrière eux la porte qu'ils venaient de franchir.

Au même instant, une sirène se mit à mugir lugubrement dans la nuit.

Une sueur froide inonda les candidats à l'évasion qui se regardèrent, la gorge sèche.

— Foutus ! sacra Kariven.

Il se retourna et poussa une exclamation. Dans le métal rouge du mur cylindrique, un polyèdre à facettes brillantes tournait lentement au-dessus de leur tête.

— Un télévisionneur !

— Qu'est-ce qu'on fait ? haleta Burton les doigts crispés autour de son tube électrocuteur.

Jean Kariven prêtait l'oreille. Au-dehors, une galopade effrénée ; les gardes, alertés par la sirène et la vigie du mirador, repoussaient les prisonniers vers leurs blocs.

Le jeune chef d'expédition leva les yeux et écouta. Les ailes de son nez frémirent puis, très vite, sa vue se brouilla. D'une ouverture pratiquée dans le plafond fusait un gaz invisible. Une torpeur s'empara de lui. S'appuyant à la paroi métallique il vit, comme à travers un brouillard vert, que ses compagnons éprouvaient le même vertige.

Kariven voulut porter la main à sa gorge mais son bras lui sembla de plomb. Il ouvrit la bouche et hoqueta :

— Les gaz !... Ils... Ils nous ont eus...

Les trois Blancs et le prêtre atlante s'effondrèrent lentement.

Avant de perdre connaissance, ils crurent voir le panneau blindé remonter vers le plafond. La vision fugitive s'estompa et ils eurent l'impression de choir dans un puits sans fond...

***

Lorsqu'ils revinrent à eux, les explorateurs et Lakton se retrouvèrent dans le bloc, étendus sur leur lit. Les autres hommes de la mission scientifique attendaient leur réveil avec anxiété.

— Où est Maoloa ? demanda Mc Murray, étonné de ne pas voir l'Atlante.

— La porte communiquant avec le bâtiment des femmes a été fermée, le renseigna l'un des explorateurs. D'après ce que nous ont expliqué nos codétenus, et si nous les avons bien compris, nous sommes isolés. Le chef du pénitencier est venu en personne brailler cette nouvelle.

Lakton interrogea un Atlante et compléta ces informations fragmentaires :

— Non seulement nous ne pourrons plus revoir nos amies mais nous-mêmes allons être séparés. Dès demain, en guise de représailles, nous irons travailler par groupes de cinq dans la mine d'uranium. Nous serons tous affectés aux ramifications de la galerie numéro neuf... Et je vous garantis que cela ne sera pas du gâteau ! Cette galerie, la plus profonde et la plus riche en minerai, est aussi la plus dangereuse. Non seulement les radiations y sont intenses mais des éboulements s'y produisent fréquemment... Il y a eu, depuis son creusement, trente-sept pour cent d'accidentés, alors que le pourcentage normal n'excède pas trois pour cent ! Et pour corser la situation, si quelque chose ne tourne pas rond, ou si la production journalière n'est pas atteinte en temps voulu, les mineurs sont contraints de faire des heures supplémentaires.

Jean Kariven glissa d'un geste machinal sa main dans sa botte droite, puis il haussa rageusement les épaules. Il devait bien se douter que, cette fois-ci, son colt n'avait pas échappé à la fouille.

— Nous voici donc sans armes, condamnés à risquer notre vie dans une mine insalubre et assurés de faire l'objet d'une surveillance constante ! Et c'est moi, cette fois, qui en suis responsable...

— Ton plan était excellent, rétorqua Ronny Burton. Nous avons été dépassés par les événements. Comment aurions-nous pu soupçonner l'existence de ce télévisionneur camouflé dans le mirador ? Sans lui, notre mission réussissait...

— Notre prochaine séparation nous interdira malheureusement de manigancer un autre plan de fuite. Si jamais l'un de nous a une nouvelle idée — une *bonne* idée s'entend — il ne pourra jamais la communiquer qu'à l'un des quatre hommes de son équipe puisque nous allons être mêlés par groupes de cinq, aux détenus atlantes.

— Ecoutez, les gars ! J'en ai une ! s'écria Ronny Burton. Si nous voulons faire savoir aux autres qu'une combinaison se trame, convenons de chanter un air connu, après le repas du soir par exemple. Nous disposons alors d'une heure de détente avant le couvre-feu. Pourquoi n'imiterions-nous pas les jeunes Atlantes qui, hier soir, avaient entonné un chœur ?

— Nous ne saurons évidemment pas ce que ce signal voudra dire mais c'est à retenir, approuva Mc Murray.

— Détrompe-toi ! intervint Kariven. Du moment qu'ici seuls des amis comprennent notre langue, il sera aisé de chanter par groupe, à tour de rôle, et de remplacer les paroles de la chanson choisie par les consignes à transmettre. Peu importe la rime, pourvu que nous puissions converser.

— Je propose de choisir la vieille chanson *Deep in the heart of Texas* en l'honneur de notre ami Burton. Quand nous entendrons cet air, cela signifiera que la conversation va commencer d'un bloc à un autre. *Okay ?*

— *Okay !* répondirent-ils à l'unisson en sentant renaître en eux une lueur d'espoir.

— L'air sur lequel nous grefferons nos messages devra être moins rapide que la chanson-signal ; nous nous mettrons d'accord sur un slow, par exemple.

— Reste à trouver l'idée lumineuse... avant la nuit de l'exécution, grimaça Burton, lugubre...

***

le lendemain matin, les prisonniers furent conduits sous bonne garde à un chantier éloigné du gisement de pierres précieuses. Presque à la limite de la zone habitable de la Vallée Heureuse, il occupait une surface désertique.

A l'horizon, et distants d'un demi-kilomètre environ, se dressaient les énormes piliers du champ électrifié à haute tension. Ce réseau mortel séparait le territoire atlante des marécages mystérieux.

A flanc de montagne, vingt mètres à peine au-dessus du sol, s'ouvrait la gueule béante de trois galeries, beaucoup plus larges que les précédentes.

Toujours munis de fusils vibrateurs, les bagnards descendirent au fond de la mine à bord de wagonnets retenus par un puissant câble rapidement dévidé par un treuil électrique.

Revêtus d'une lourde cagoule protectrice en tissu métallisé antiradiations, les prisonniers ressemblaient à des êtres de cauchemar descendant aux enfers. Au fur et à mesure qu'ils se rapprochaient du fond, la température augmentait.

Progressivement, les parois de la galerie devenaient de plus en plus phosphorescentes et brillaient entre les poutrelles et les chevrons qui l'étayaient.

L'excavation finale fut enfin atteinte. Elle avait au moins trente mètres de large sur dix de haut, et s'étendait sur environ quatre-vingts mètres.

Tandis que les wagonnets remontaient, les captifs se mirent au travail sous la surveillance de deux gardes prêts à toute éventualité.

Kariven et Mc Murray formaient équipe avec Lakton, Maoloa et un jeune Atlante accusé lui aussi d'évolutionnisme. Quant à Ronny Burton et Zilna, ils étaient en compagnie de deux jeunes filles et d'un Atlante qui travaillait dans cette mine depuis trois mois déjà, et présentait les signes avant-coureurs d'une sérieuse radiumdermite. Malgré le port obligatoire des gants, la peau de ses mains s'écaillait et montrait par endroits des croûtes purulentes.

Nombreux étaient les bagnards qui avaient contracté cette terrible maladie due à une trop longue exposition aux émanations radioactives.

Les autres explorateurs, deux par deux, avaient été répartis parmi les Atlantes. Les gardes veillaient soigneusement à ce qu'ils ne communiquent pas entre eux.

Suant sous leur cagoule protectrice noire (celles des gardes étant rouges), les bagnards attaquèrent la paroi avec leurs fusils vibrateurs, plus gros et plus puissants que ceux utilisés dans le gisement de pierres précieuses.

Dans cette mine d'uranium, le procédé d'extraction était assez différent. Les volumineux fusils disloquaient la paroi rocheuse qui se craquelait en profondeur sans s'abattre en tas aux pieds des mineurs. Quand, sur une longueur de cinquante mètres, une galerie avait été ébranlée par les vibrations, une sorte de monstre mécanique télécommandé arrivait sur des chenillettes, roulant en dehors des rails qu'empruntaient les wagonnets.

Formé d'un caisson rectangulaire renfermant les éléments moteurs, cet appareil libérait une quinzaine de puissants bras d'acier, traités à l'Orikank, qui lapidaient alors les murs rocheux à cadence rapide.

Les parois disloquées par les vibrateurs s'effritaient et s'écroulaient dans un vacarme et une poussière intolérables.

Les aspirateurs-purificateurs augmentaient leur puissance afin d'éliminer les nuages de poussières radioactives pendant que la machine aux bras multiples assemblait les matériaux en talus sur le bord de la voie souterraine. Le monstre d'acier se retirait pour céder la place à une excavatrice également montée sur chenillettes et qui déblayait le terrain avec une rapidité inouïe pour permettre aux bagnards de reprendre leur travail en profondeur.

Les wagonnets, à nouveau pleins de minerais radioactifs, remontaient à la surface à destination du laboratoire d'extraction.

Malgré les pauses de dix minutes que nécessitaient ces opérations toutes les deux heures, les prisonniers sentaient rapidement leurs forces décroître dans cette atmosphère saturée de radon et d'effluves néfastes.

Kariven et Mc Murray, que leur métier d'explorateur avait aguerris à de rudes besognes, n'en éprouvaient pas moins une écrasante fatigue.

Maoloa chancelait sous les secousses de son fusil vibrateur. Epuisée, elle s'arrêtait parfois pour reprendre haleine mais les gardes, impitoyables, la forçaient d'une bourrade à poursuivre ce travail inhumain.

Au milieu de l'après-midi, Zilna, moins robuste, lâcha son fusil et s'affaissa aux pieds de Ronny Burton. L'Américain abandonna sa place et se précipita. L'un des gardes en cagoule rouge le repoussa et, sous la menace du tube électrocuteur, le contraignit à reprendre son poste.

D'une trousse qu'il portait à la ceinture, le surveillant retira une seringue hypodermique. Il cassa une ampoule contenant un liquide vert et, soulevant la cagoule protectrice de la jeune fille, il lui fit une piqûre dans la cuisse gauche.

Quelques minutes plus tard, Zilna, soumise à ce *doping* chimique, revenait à elle. Sur l'ordre du surveillant, elle dut se remettre à la besogne sans tarder. Sous l'action du stimulant, le système nerveux de la jeune fille allait être excité de manière à lui permettre de fournir l'effort exigé, au détriment de son équilibre général évidemment, qui ne saurait résister longtemps à ce régime.

Dès qu'un homme ou une femme s'évanouissait, la même injection lui était administrée. Moyennant ce traitement implacable, les bagnards assuraient une production constante de minerai radioactif. Dans sa folie, Ménèktou ne se rendait-il pas compte qu'il condamnait à une mort lente une notable portion de la jeunesse atlante ?

***

Encadré par deux gardes, Poklos fut poussé dans son fauteuil roulant jusqu'au laboratoire de Ménèktou.

— J'ai besoin de ton aide, déclara celui-ci en guise de préambule. Installe-toi devant cet émetteur-récepteur et lance au président de la Nouvelle Union Sud-Africaine le message que je vais te dicter...

Les mains du vieillard se crispèrent sur les appui-bras du fauteuil et les jointures de ses doigts blanchirent, tellement il les serrait sous l'emprise de la colère.

— Jamais ! éructa-t-il. Tue-moi plutôt, comme tu assassineras cette malheureuse Lwinha !

Ménèktou agita la tête avec un sourire exaspérant puis il fit un signe aux deux gardes. Ceux-ci agrippèrent les bras de Poklos et le maintinrent solidement immobile contre le dossier de son fauteuil.

Le cynique Ménèktou s'empara d'une seringue hypodermique *déjà remplie* et, découvrant le bras gauche du vieillard, il enfonça l'aiguille dans la veine faisant saillie au creux de l'articulation.

Poklos se raidit, tenta de se dégager mais un garde le frappa au visage pendant que l'autre resserrait son étreinte. Ménèktou retira l'aiguille et, toujours avec son sourire narquois :

— Voilà. Dans dix minutes tu seras doux comme un petit enfant et c'est sans contrainte ni discussion que tu m'obéiras.

— Monstre ! hurla le vieillard tandis que l'usurpateur s'asseyait tranquillement en attendant que la piqûre fasse son effet.

Peu à peu, la respiration du patriarche devenait haletante. Il faisait des efforts pour disjoindre l'étau des bras puissants qui le maintenaient. Son esprit luttait également contre une torpeur lancinante qui s'emparait progressivement de ses sens. Au bout de huit minutes il demeura immobile, inerte et les yeux fixes, sans expression.

— Approchez-le de la caméra, ordonna Ménèktou aux deux géants en éclairant l'écran du télévisionneur.

Le Grand Prêtre tourna un bouton sélecteur et un homme blanc, en uniforme beige apparut, assez déconcerté de voir un vieillard au teint rouge dans un fauteuil roulant et trois autres personnages de même couleur.

Ne parlant pas l'anglais, Ménèktou ordonna à Poklos :

— Tu vas traduire mes paroles à cet homme

blanc et me rapporter ses réponses. Attention, je commence : Qui êtes-vous ?

Docilement, le vieillard drogué traduisit. L'homme en uniforme fronça les sourcils, hésita et finit par répondre :

— Ici le vaisseau patrouilleur *Eagle of Seas* (1), des forces navales néo-sud-africaines, port d'attache Cape Town. Qui êtes-vous ? Quelle est votre position ? Que désirez-vous ?

Toujours sous la dictée de Ménèktou, Poklos le renseigna :

— Ici la Vallée Heureuse, une oasis tempérée située dans les glaces sur le méridien cent quarante-cinq est, à quatre-vingt-dix-sept milles au sud-sud-est de la pointe sud des chaînes montagneuses de la Reine Maud. Nous...

— Quoi ? s'emporta l'officier sud-africain. Vous vous foutez de moi ? Je vais relever votre position par *gonio* et vous verrez ce qu'il en coûte de vous brancher sur une station militaire et d'interrompre toutes les émissions en cours. Je...

— Un instant, intervint Poklos après avoir traduit ces paroles à Ménèktou. Nous allons continuer d'émettre pour vous faciliter le repérage. Voici notre message...

Légèrement décontenancé par cette singulière acceptation, l'officier donna quelques ordres brefs au goniométriste et reprit l'écoute en

(1) Aigle des mers.

observant avec curiosité ses étranges interlocuteurs à peau rouge.

— Nous n'avons pas le temps de vous expliquer qui nous sommes ni pourquoi nous vivons isolés dans cette vallée miraculeusement soustraite au climat antarctique, traduisit Poklos. Nous désirons entrer en contact avec le président Carpenter. Le message qui lui est destiné est de la plus haute importance pour l'avenir.

— Qui que vous soyez et sans minimiser l'importance des déclarations que vous prétendez faire, je n'ai pas qualité pour contacter directement Monsieur le Président. Formulez votre message que nous allons enregistrer et je le transmettrai à l'Etat-Major qui le...

L'officier s'interrompit et lut une feuille de papier que lui tendait le goniométriste. Son visage exprimait une grande surprise mêlée d'incrédulité.

— C'est... c'est stupéfiant ! Les coordonnées de repérage donnent à peu de chose près l'emplacement indiqué par vous... Cette affaire me paraît trop importante pour que je diffère l'enquête qui s'impose. Je vais envoyer immédiatement un chasseur dans vos parages.

— Vous ne pourrez pas déceler notre Vallée, expliqua Poklos, car une épaisse couche de nuages la dérobe à la vue. Indiquez-nous dans combien de temps votre appareil croisera au-dessus de notre région ?

L'officier consulta son chronographe et :

— Il décollera dans vingt minutes de Cape

Town et survolera cette vallée dans quarante-cinq minutes au plus tard.

— Qu'il soit équipé d'un détecteur à infrarouge ; grâce à un appareil de notre invention, nous le repérerons au moment où il relèvera notre végétation grâce à son détecteur. A partir de ce moment, nous serons capables de le guider jusqu'à un espace découvert situé au sud de la Vallée, où il pourra se poser... Nous aimerions prendre contact avec un envoyé gouvernemental habilité à recueillir de précieuses informations relatives au projet international consistant à faire sauter des bombes atomiques sur le continent antarctique. Nous serons en mesure de le renseigner efficacement et nos déclarations feront certainement échouer les plans de la mission franco-américaine établie dans la Baie des Baleines. Par notre collaboration et l'intervention de vos forces armées, nous éviterons un cataclysme...

— Tout cela n'est pas de mon ressort mais je vais faire le nécessaire. Si vous êtes de mauvais plaisants, je vous garantis que ça bardera pour votre matricule !

***

L'appareil à réaction, guidé par une sorte de projecteur géant qui l'avait pris dans son faisceau bleuâtre, se posa en vrombissant sur une étendue plane, au sud de la Vallée Heureuse. Ménèktou et Morkos, encadrant Poklos toujours sous l'effet de la drogue, accueillirent avec respect le colonel Kraemer, de l'Etat-Major des Forces Néo-Sud-Africaines.

L'officier supérieur répondit à leur salut et parcourut des yeux l'étonnant paysage. Il croyait rêver ! Sur un geste, le radio de bord le rejoignit, équipé d'une télé caméra VHF (et son synchrone) qui allait enregistrer cette rencontre mémorable.

Le colonel Kraemer fut conduit par Ménèktou puis reçu au palais avec les honneurs dus à son rang : trompettes et coups de gongs qui résonnèrent longuement à travers le vaste édifice.

Ce colloque insolite dura près de trois heures et Poklos acheva ainsi la traduction du message dicté par le Grand Prêtre ;

— Naturellement, le secret de notre retraite doit être jalousement gardé. Nous signerons un accord avec votre gouvernement pour l'autoriser à exploiter nos gisements uranifères et diamantifères moyennant un revenu substantiel qui doit être versé à Morkos et à Ménèktou... et à la communauté atlante si besoin est. Mais nous ne signerons un accord contractuel que si vous tenez au préalable vos engagements envers nous, c'est-à-dire *si vous détruisez la base franco-américaine de la Baie des Baleines,* d'une part, et si vous établissez une surveillance permanente du territoire afin d'empêcher les Franco-Américains de déclencher l'explosion atomique. Sommes-nous bien d'accord ?

— Je vais rapporter notre entretien au président Carpenter et reviendrai ici avant quanrate-huit heures. Je crois que notre accord sera signé, car nous aussi nous avons à cœur de voir échouer ce giganesque projet de destruction. Si la Rhodésie devait mourir, que la Terre meure tout entière avec elle !

Le colonel Kraemer réintégra son avion à réaction et, dans un sifflement assourdissant, il décolla en fonçant vers le plafond nuageux. Sous ses ailes en delta et sur ses flancs brillants, l'emblème Néo-Sud-Africain scintillait aux feux du couchant. L'avion supersonique passa en hurlant au-dessus de la mine, juste au moment où les bagnards remontaient à la surface.

Kariven et ses amis furent frappés de stupeur. Comment un avion rhodésien avait-il pu découvrir ce Monde Oublié ? Avait-il atterri ?

Cette découverte faisait naître un espoir chez les prisonniers. Peut-être reviendrait-il avec une escadre de reconnaissance ?

Les explorateurs échafaudaient des hypothèses sans se douter que cet engin appartenant à une nation hostile préparait tout au contraire la destruction de leur base et de leurs amis restés dans la Baie des Baleines...

CHAPITRE VII

Le supersonique était revenu une seconde fois dans l'extraordinaire vallée protégée des glaces. Les bagnards avaient nettement entendu son sifflement strident.

Sorti de la mine par ses geôliers, Karivene reçut une piqûre et répondit docilement, sans détour, en présence du colonel Kraemer, aux questions de Ménèktou. Mais ce dernier n'obtint pas les renseignements escomptés. Kariven ignorait absolument l'emplacement des bombes atomiques qui encerclaient la calotte polaire sud. Ni lui ni ses compagnons n'avaient participé à leur installation.

Furieux et déçu, Ménèktou fit renvoyer Kariven à la mine tandis qu'il élaborait un nouveau plan, modifié en conséquence, avec l'officier. Celui-ci décolla peu après, chargé d'une mission décisive et meurtrière...

***

Quatre jours durant les explorateurs, mêlés deux par deux aux mineurs atlantes, poursuivirent leur épuisante besogne sans pouvoir communiquer. Ni les uns ni les autres n'avaient d'ailleurs trouvé une solution laissant entrevoir l'avenir sous un jour meilleur.

Tout en actionnant son fusil vibrateur contre la paroi radio-luminescente, Kariven réfléchissait activement. Dans quarante-huit heures, Lwinha serait exécutée. Quelle avait donc été la mission de ce colonel Kraemer auquel il se souvenait vaguement d'avoir parlé, après avoir été drogué ? Si au moins un hélicoptère de la base avait pu repérer son chasseur et le suivre jusqu'à la Vallée Heureuse !

Sous sa cagoule noire antiradiations, il suait et peinait à côté de Lakton et de Mc Murray. Et ces pensées, toujours les mêmes, qui revenaient à son esprit ! Quand elles l'assaillaient et l'accaparaient complètement, un garde en cagoule rouge, d'un geste de la main, lui ordonnait de continuer son travail.

Ne pouvant plus bavarder, ni même faire des signes aux autres équipes, les explorateurs sentaient grandir le découragement et diminuer leur force morale. Le soir, isolés dans les divers blocs, ils n'avaient de contact qu'avec les Atlantes, mais ceux-ci ne les comprenaient pas. Zilna servait d'interprète à Burton et à son compagnon. Kariven et Mc Murray faisaient équipe avec Lakton et Maoloa. Les autres Blancs s'organisaient donc de leur mieux avec leurs compagnons d'infortune dont ils ne parlaient point la langue.

En cette fin de journée, Kariven éprouvait une angoisse morbide en se représentant leur fâcheuse situation. Si Lwinha était assassinée, aurait-il encore le courage de lutter ? Blancs et Atlantes révolutionnaires mouraient à petit feu dans cet enfer radioactif !

Un phénomène insolite l'arracha à ses mornes réflexions.

Sous son fusil vibrateur, un pan de roche venait de tomber à ses pieds. Une faille de cinquante centimètres de large sur quatre-vingts de hauteur s'était ouverte dans la paroi. Parmi les matériaux effondrés se trouvaient *plusieurs pierres de construction façonnées en losange !*

Comment, en pleine couche géologique, des briques de ce genre pouvaient-elles se rencontrer ?

Lakton jeta machinalement un coup d'œil à Kariven immobilisé et, en suivant son regard, il observa lui aussi les curieux losanges de pierre avec, au-dessus, la brèche ouverte sur un vide sombre. Kariven fit un geste d'ignorance et fut assez étonné de voir briller intensément les yeux du jeune prêtre à travers les deux trous de la cagoule.

Ce dernier leva son fusil vibrateur vers la voûte et pressa la détente. Une nouvelle masse de terre et de pierraille s'en détacha, qui obstrua bientôt la faille mystérieuse. Il se retourna anxieusement et constata, soulagé, que les gardes ne s'étaient aperçus de rien.

Kariven ne comprenait absolument pas le manège de son voisin.

Mc Murray, lui, n'avait vu que la fin de la scène, mais il n'était pas moins intrigué.

La sirène annonçant l'arrêt des travaux pour la journée mugit sourdement dans la galerie.

***

Leur maigre repas terminé, les bagnards regagnèrent leurs blocs.

Dès que les surveillants eurent fermé les portes blindées, Lakton s'approcha du lit de Kariven, qui côtoyait celui de Mc Murray.

— Pourquoi avez-vous donc refermé cette brèche, ce soir, dans la galerie ? s'informa le médecin. Vous paraissiez passablement nerveux...

— Il y avait de quoi ! fit le jeune prêtre. Avez-vous remarqué ces briques pleines, en losange ?

— Oui, cela m'a fort intrigué, d'ailleurs, de trouver ce matériau façonné enfoui au cœur de la montagne.

— Ces briques n'étaient pas enfouies... Ce sont les mêmes qui constituent les murs des souterrains partant de la pyramide et du Temple Sacré. *Seules les constructions souterraines desservant le temple sont édifiées avec ce genre de pierres.* Cela veut dire que vous avez démoli, par le plus grand des hasards, la paroi d'un souterrain menant, du côté gauche à la pyramide, et du côté droit probablement à l'extrémité nord de la Vallée, dans les régions inabordables ! Je suis convaincu que ces briques forment la paroi d'un souterrain secret..., que Ménèktou seul doit connaître. Si les autres prêtres en avaient eu connaissance, je ne l'aurais pas ignoré puisque j'étais affecté au laboratoire de physique situé au sous-sol du Temple Sacré. Reste à savoir dans quelle partie du temple ou de la pyramide aboutit ce passage dérobé.

— Comment allons-nous mettre à profit cette trouvaille alors que, dès demain matin, les premières secousses des fusils vibrateurs abattront la paroi du souterrain ? observa Kariven. Les gardes feront aussitôt arrêter les travaux et enverront une escouade dans l'orifice mis à jour...

Lakton réfléchit, puis il s'exclama :

— J'entrevois une possibilité de nous tirer de ce dilemme. Il faudra communiquer les consignes suivantes à tous vos amis blancs...

***

Kariven et Mc Murray, assis sur le rebord de la fenêtre angulaire fermée de barreaux, entonnèrent à tue-tête la chanson-signal : *Deep in the heart of Texas.*

Une sentinelle passa devant eux et leur adressa un regard méprisant. L'heure de la détente n'étant pas terminée, il ne leur fut pas interdit de chanter. De seconde en seconde, dans tous les blocs où étaient enfermés les explorateurs résonna le même air syncopé, rythmé par des claquements de mains.

La chanson du Texas, étrange dans ce décor de pénitencier, montait dans la nuit, reprise d'un bloc à l'autre par les Américains, émus et anxieux d'apprendre l'information ainsi annoncée.

Sitôt achevé le deuxième refrain, et sans laisser un trop grand intervalle entre la chanson-signal et le message chanté, Kariven et Mc Murray adressèrent ces consignes aussi peu rimées que poétiques sur l'air d'un slow à la mode :

— *Equipe Kariven — Avons découvert souterrain — Galerie neuf — Pensons qu'il conduit au temple — Demain matin — Ralentir travail — Creuser plafond et sol — Eviter paroi gauche.*

« Après-midi — Soyez prêts à agir — Equipe Kariven attaquera gardes — Jamais cesser travail pour maintenir bruit vibrateur — Terminé.

Le silence succéda à cet air estropié par le message. Puis des divers blocs fusa le même slow, mais avec les paroles authentiques cette fois et dont le refrain était clos comme convenu par un retentissant :

— *Okay !*

Kariven et Mc Murray rejoignirent leur lit alors que la sentinelle, repassant devant leur fenêtre, leur faisait de la main un geste qui, dans tous les pays, signifie la même chose :

— Fermez ça !

Les deux explorateurs haussèrent les épaules et s'allongèrent tranquillement.

— J'espère qu'ils auront bien compris notre duo ! plaisanta Kariven.

Mais aussitôt, redevenant grave, il conclut :

— Nous jouerons demain notre dernière carte. Préparons le « jeu » et ne laissons rien au hasard...

***

Quand les bagnards réintégrèrent la galerie 9, après le court repas de midi, ils étaient particulièrement nerveux. Les Atlantes avaient été mis au courant par les Blancs. Ils savaient que, d'une minute à l'autre, une action contre les gardes-chiourme allait être tentée.

Kariven, Mc Murray et Lakton reprirent leur fusil. Après s'être assurés que, comme à l'ordinaire, trois gardes seulement surveillaient les travaux, ils braquèrent résolument leur vibrateur contre la paroi.

En quelques secondes, un trou béant d'un mètre de haut sur trois mètres de long s'ouvrit dans la roche veinée de terre.

Un souterrain apparaissait par cette brèche, et son revêtement en losange prouvait que Lakton avait vu juste. Les trois hommes relâchèrent la détente et, en arrêt, feignirent d'être surpris par cette découverte. Les bagnards proches de Kariven et de Mc Murray stoppèrent successivement pour regarder en direction de l'orifice.

Deux gardes, étonnés par cette interruption, s'approchèrent immédiatement.

Devant la brèche qui laissait entrevoir un boyau obscur, ils demeurèrent un instant interdits. L'un d'eux appela le troisième garde qui, du fond de la galerie, vint les rejoindre.

Tandis que les prisonniers, le premier moment de surprise passé, reprenaient leur bruyant travail, les trois surveillants en cagoule rouge escaladèrent le monticule de déblai pour risquer un œil dans l'orifice.

Kariven fit un signe de tête à Lakton et à Mac. D'un même geste, ils pressèrent la détente de leur fusil vibrateur. Les trois gardes reçurent les ondes dislocatrices dans les reins et, hurlant de douleur, ils essayèrent de se retourner pour faire usage de leur tube électrocuteur.

Mais les explorateurs, auxquels s'étaient joints maintenant leurs voisins atlantes, « tiraient » en continu !

Dix fusils crépitants braqués sur eux, les gardes se tordaient, se roulaient dans la terre et les pierres en poussant des cris de déments. Leurs tubes, tombés sur le sol, avaient été aussitôt récupérés par les bagnards. Le tumulte de cette exécution était couvert par le bruit infernal des vibrateurs. En moins d'une minute, les gardes-chiourme cessèrent de crier. Leurs corps, devenus flasques et sans vie, reposaient sur le monticule dont ils épousaient les contours.

Leur charpente osseuse et leurs organes internes avaient été fragmentés ou réduits en bouillie par les ondes qui, précédemment, disloquaient les roches !

Les cadavres, étrangement plats, s'étalaient sur la terre remuée.

Nul n'aurait pu croire que ces cagoules rouges simplement bosselées renfermaient encore leur occupant. On les aurait crues vides !

Alors que Kariven, Mc Murray et Lakton retiraient des lambeaux de chair de dessous les cagoules, Zilna, Maoloa, Ronny Burton et sept explorateurs arrivaient à toute allure du fond de la galerie.

Ce n'est pas sans émotion que tous se retrouvèrent ; néanmoins, ils ne perdirent pas de temps en congratulations.

Sur le conseil de Lakton, l'ensemble des bagnards bloqua les fusils vibrateurs sur le fonctionnement continu et les laissa pêle-mêle parmi les câbles.

— Quelques Blancs et moi, annonça le prêtre à ses congénères, allons emprunter ce souterrain qui nous conduira jusqu'au Temple Sacré ou à la pyramide. Nous reviendrons ici avec des armes... si nous ne sommes pas pris. Pendant notre absence, et afin de ne pas éveiller l'attention des gardes restés à la sortie de la galerie, continuez à travailler de manière que les wagonnets qui descendent régulièrement ne remontent pas vides. Vous devrez faire exactement comme si rien ne s'était passé. De ce fait, les hommes de la surface ne soupçonneront pas notre rébellion. Ne vous tuez pas au travail, bien entendu, car nous aurons bientôt besoin de vous pour une tout autre occupation...

« Avant la fin de la journée, nous serons de retour. Courage. C'est la dernière fois que vous peinez dans cette mine.

Lakton, Kariven, Mc Murray, Ronny Burton et les deux amies de Lwinha se coulèrent dans la brèche en emportant les tubes électrocuteurs saisis sur les gardes. Munis chacun d'un bâtonnet lumineux pris parmi ceux qui éclairaient la galerie, les six bagnards évadés marchaient d'un pas rapide.

Le souterrain voûté décrivait de nombreuses courbes. Les constructeurs avaient sans doute suivi les failles de la montagne volcanique et évité, autant que possible, les masses rocheuses compactes, ce qui expliquait ces sinuosités.

Au bout d'une heure de marche, étouffant sous leur cagoule noire, les fuyards jugèrent qu'ils devaient être assez loin du gisement uranifère pour dégager leur tête du capuchon protecteur. Respirant mieux, ils reprirent alors leur progression à vive allure, montant, descendant, remontant pour suivre enfin l'horizontale vers l'extrémité du souterrain.

— Je me demande où conduit ce passage, à l'opposé de notre direction ?

— Ménèktou seul doit le savoir, fit Lakton. Peut-être mène-t-il hors du champ électrifié qui protège la vallée des marécages inconnus ?

Ils marchèrent encore pendant une heure environ et s'aperçurent que le souterrain se rétrécissait.

Au bout de cent mètres, ils furent contraints d'avancer courbés en deux, puis ils durent même ramper en s'aidant des mains et des genoux.

Cette reptation les amena devant une dalle rectangulaire fermant l'extrémité de cet étroit boyau.

En tête du groupe, Lakton, le front couvert de sueur, posa lentement la main sur la pierre froide, dans l'espoir de trouver une aspérité ou un bouton actionnant le mécanisme d'ouverture. Les minutes passèrent, angoissantes, dans ce souterrain guère plus large qu'un cercueil.

Le visage contracté, couvert d'une transpiration qui s'écoulait goutte à goutte à la base de son menton, le jeune Atlante tâtonnait fébrilement, mais en vain. A plat ventre, il s'agitait sans cesse en maugréant.

Pris d'une rage sourde, les larmes aux yeux devant ce cruel échec, il ne put contenir sa colère et donna un violent coup de poing sur le sol, à hauteur de son épaule.

Et le miracle s'accomplit !

Devant leurs yeux stupéfaits, la dalle pivota lentement sur des gonds invisibles, démasquant une ouverture de cinquante centimètres de haut sur soixante-dix de large. La lumière du jour entra à flots dans le passage secret.

Ce brutal coup de poing avait déclenché le système d'ouverture !

Saisissant précipitamment le tube électrocuteur, Lakton se pencha avec prudence. Une vaste pièce, richement décorée, apparut. Quatre colonnes de marbre rose surmontées d'un chapiteau en porphyre grenat soutenaient le plafond bleu pâle incrusté de mosaïques polychromes. Un grand lit à baldaquin occupait le mur faisant face au passage secret et s'avançait jusqu'au milieu de la pièce.

Après un regard circulaire, Lakton sortit du souterrain suivi par ses cinq compagnons. Refermée, la dalle se confondait avec les autres qui constituaient le soubassement d'une cheminée factice.

— Nous sommes dans la chambre de Ménèktou, chuchota Lakton, donc dans l'aile du Temple Sacré réservée aux appartements des prêtres. Je connais très bien cet endroit. Ménèktou doit être au palais de Poklos... Venez !

Avec d'infinies précautions, ils s'engagèrent dans les couloirs éclairés par une succession de disques luminescents.

Un escalier aux marches monumentales les conduisit à l'étage inférieur sans qu'ils eussent rencontré âme qui vive. A cette heure de l'après-midi, les prêtres travaillaient dans leur laboratoire et n'en sortaient que rarement avant la tombée de la nuit.

Au bas des marches s'étendait un hall fermé par une porte aux proportions inusitées. Deux sentinelles atlantes l'encadraient, tenant d'une main leur arme habituelle et de l'autre une longue lance effilée.

Lakton fit dissimuler ses amis contre la rampe pleine, en Orikank rouge, et chuchota :

— Cette porte mène aux cryptes de la pyramide. Nous devons coûte que coûte passer par là. Venez avec moi, Kary. Nous allons sauter les dernières marches. Tirons simultanément. Si nous les ratons... eux ne nous rateront pas !

Kariven opina du chef et assura le tube dans sa dextre. Tassé sur lui-même il attendit, prêt à bondir.

Lakton fit un signe de tête et tous deux sautèrent les quatre marches.

Dès qu'ils touchèrent le sol, leurs tubes meurtriers crépitèrent.

Les deux cerbères, figés de saisissement, s'écroulèrent avant d'avoir pu se défendre. Au pas de course, les explorateurs atteignirent la porte massive qu'ils ouvrirent aussitôt.

Les gardes inanimées furent traînés derrière les battants de métal que Lakton referma soigneusement en bloquant le contact magnétique des serrures. Burton et Zilna s'emparèrent chacun d'un tube électrocuteur tandis que Maoloa choisissait une lance. Ainsi armés; ils descendirent les marches en métal poli sur la pointe des pieds.

Arrivés devant une porte basse, Lakton chuchota :

— Ceci est le laboratoire de physique. C'est par là que nous gagnerons le plus rapidement l'arsenal. Huit prêtres doivent y travailler, en ce moment... Je vous conseille de bien viser !

Lakton poussa l'huis, doucement, et glissa son arme électrique par l'entrebâillement.

Le laboratoire de physique, avec ses rangées de tables chargées d'instruments hétéroclites, apparut. Effectivement, à des tables différentes, des prêtres en blouse blanche s'affairaient.

Non loin de la porte qui s'ouvrait lentement, deux hommes manipulaient une espèce de bobine de Ruhmkorff connectée à un appareil dont les multiples électrodes expulsaient de longues étincelles bleuâtres.

Les deux expérimentateurs levèrent les yeux et aperçurent simultanément les intrus. Une surprise mêlée de crainte se peignit sur leur visage. Ils eurent un mouvement de recul instinctif, ouvrirent la bouche pour crier mais, déjà, le tube de Lakton entrait en action.

Terrassés, les physiciens tombèrent à la renverse.

Au bruit du crépitement de l'électrocuteur, les six autres prêtres se dressèrent en sursaut. Les tubes crachèrent comme une seule arme, balayant le laboratoire d'un faisceau d'ondes mortelles.

L'un des Atlantes, le plus éloigné, s'était accroupi derrière une colonne à chapiteau. Il courut en zigzaguant vers un tableau mural tapissé de commandes.

Maoloa leva sa lance et, d'une violente détente, elle la fit voler à travers la grande salle.

L'homme poussa un râle sourd et s'écroula en plein élan.

La lance s'était enfoncée entre ses omoplates !

Billy Mc Murray n'en croyait pas ses yeux. Incrédule, il regardait sa jeune amie, hésitant à admettre son adresse extraordinaire.

— Venez ! commanda Lakton en enjambant les cadavres.

Il ouvrit la porte de gauche et tous descendirent précipitamment un étroit escalier aboutissant à l'arsenal.

Les explorateurs reconnurent la crypte qu'ils avaient observée auparavant sur les écrans téles-copiques en compagnie de Lwinha.

Les tubes électrocuteurs, liés par bottes de vingt-cinq, s'entassaient en piles dans de grands casiers compartimentés. Les volumineux fusils à rayons gamma occupaient un râtelier mural.

Apercevant les deux inhalateurs entreposés dans un réduit par Morkos et Ménèktou, Kariven eut soudain une idée :

— Ces engins-là vont nous servir, dit-il en retirant l'un d'eux dont il passa les sangles à ses épaules. Prends le deuxième, conseilla-t-il à Mc Murray, et ne me pose pas de questions maintenant.

Le biologiste acquiesça sans chercher à comprendre.

Les évadés mirent chacun un fusil gamma en bandoulière et raflèrent deux paquets de vingt-cinq tubes.

Ainsi pourvus, ils quittèrent sur-le-champ l'arsenal creusé au cœur de la pyramide.

Ils refirent le chemin en sens inverse et arrivèrent sans encombre dans la chambre de Ménèktou. Leur coup de main n'était pas encore connu. Lorsque les prêtres découvriraient leurs camarades dans le laboratoire, ou le garde dans l'escalier menant à l'arsenal, les fuyards seraient loin. D'ailleurs, Ménèktou lui-même n'aurait pu deviner le chemin emprunté par les prisonniers pour arriver jusqu'au temple.

Il mettrait cette attaque sur le compte de quelques éléments évolutionnistes non encore démasqués et entreprendrait des recherches dans ce sens.

Kariven et ses amis perdirent un temps précieux à franchir le boyau exigu. Ils étaient gênés par les fusils à rayons gamma et par les paquets d'armes destinés aux insurgés. Après une pénible reptation, ils retrouvèrent les cagoules protectrices à l'endroit où ils les avaient laissées...

Dans le souterrain maintenant agrandi, l'avance fut plus aisée.

— Pressons-nous, s'écria Kariven en enfilant sa cagoule. Si nous arrivons dans la mine au moment où les travaux prennent fin, nos efforts auront été vains...

Malgré toute leur célérité, ils ne mirent pas moins de deux heures pour être en vue de la faille donnant sur la mine d'uranium. Au moment où ils s'apprêtaient à prendre le tournant menant à la brèche, le vacarme des fusils vibrateurs qui emplissait la galerie cessa brusquement.

Les six évadés stoppèrent et déposèrent leur chargement, puis ils s'avancèrent avec circonspection.

Des éclats de voix courroucées leur parvenaient.

— Les gardes ! chuchota Lakton. Ils ont dû faire une ronde ou un tour d'inspection et découvrir notre absence...

Ils rampèrent jusqu'à l'ouverture. Dans la galerie saturée de poussière dense, Lakton et Kariven distinguèrent deux gardes, l'arme au poing, qui discutaient âprement avec un groupe de bagnards. Ceux-ci courbaient la tête et protestaient de leur innocence.

Kariven et le jeune prêtre visèrent soigneusement afin de ne pas toucher les mineurs. La décharge de leur fusil illumina brièvement la poussière en suspension dans l'air et les deux gardes-chiourme s'écroulèrent.

En quelques minutes, et dans le tumulte causé par l'arrivée opportune des libérateurs, les armes électrocutrices furent réparties entre les prisonniers.

Bientôt, la presque totalité des bagnards de la galerie 9 fut armée.

Pour la première fois depuis cinq jours, les explorateurs se trouvèrent réunis. Ils convinrent sans tarder des consignes à appliquer.

Lakton, Kariven, Mc Murray, Burton et leurs

jeunes amies revêtirent les cagoules rouges des gardes abattus et prirent la tête des insurgés.

Derrière eux, leurs compagnons transportaient des tuniques dont ils s'affubleraient ultérieurement en vue d'accomplir un nouveau coup de main.

A la sortie de la mine, quatre gardiens devaient convoyer les prisonniers. Ils n'éprouvèrent aucune méfiance en voyant monter, dans la galerie demi-obscure, ceux qu'ils prenaient pour leurs collègues. Ils tombèrent sous les décharges des tubes électriques et des fusils à rayons en conservant, sur leurs traits, l'expression de la plus profonde stupeur.

Les bagnards abandonnèrent leur lourd vêtement antiradiations tandis que Lakton et six Atlantes enfilaient à leur tour la tunique rouge des surveillants dont ils allaient incarner le rôle.

Un jour crépusculaire régnait sur la Vallée Heureuse. Les projecteurs infrarouges n'étaient pas encore entrés en fonction. En pleine période de solstice, l'Antarctide ne connaissait pour ainsi dire pas la nuit. Les nuages, toutefois, atténuaient sensiblement la lumière naturelle. Dans une obscurité relative, Lakton et ses compagnons déguisés passeraient assez facilement pour des convoyeurs ramenant les prisonniers au réfectoire.

Kariven et Mc Murray, que les masques inhalateurs passés à leur épaule risquaient de dénoncer, se tenaient prudemment en arrière.

— Je ne sais pas à quoi Ménèktou destinait

ces engins-là, mais j'ai idée qu'ils vont nous permettre de jouer la fille de l'air ! jubila Kariven.

— Comprends pas, avoua Mc Murray.

— Tu verras, promit le médecin en clignant malicieusement de l'œil.

Divisés en deux colonnes, les bagnards marchaient au pas en dissimulant les tubes électrocuteurs le long du corps.

La colonne de gauche pénétra dans la première salle des douches, un vaste bâtiment rectangulaire, sans que les gardes postés dans le couloir ne remarquent rien d'anormal. Le second groupe obliqua à droite. Lorsqu'il passa devant le mirador central, Lakton, en tête, répondit au salut distrait de la sentinelle par... un uppercut au menton !

Avant que l'homme n'ait réalisé tout ce que cette salutation avait d'insolite et reconnu un bagnard déguisé en convoyeur, il était assommé proprement et silencieusement.

La colonne poursuivit sa marche paisible jusqu'à la deuxième salle des douches où les mineurs allaient se cacher en attendant le signal convenu.

Lakton traîna le corps jusqu'à la porte du mirador. Kariven et Mc Murray se plaquèrent contre le mur pendant que le jeune prêtre ouvrait le vantail d'Orikank avec les clés prises sur la sentinelle.

L'attaque de cette dernière avait été trop

rapide et trop silencieuse pour donner l'alarme, tout au moins l'espéraient-ils.

— Mets ton inhalateur, vite ! enjoignit Kariven à Mc Murray en adaptant lui-même le masque respiratoire sur son visage.

Lakton, d'un coup de crosse, fracassa l'objectif de la caméra électronique.

Protégés contre une éventuelle projection de gaz, les deux Blancs grimpèrent l'escalier conduisant au sommet de la tour métallique.

A la cinquième marche, un sifflement caractéristique les avertit que le gaz arrivait. Leur présence était éventée ! Lakton poussa promptement le corps de la sentinelle en travers de la porte.

La plaque blindée qui descendit rapidement du plafond s'arrêta sur les hanches du garde en passe de reprendre ses sens. Un bruit d'os broyés retentit, suivit d'un cri déchirant. L'homme se tordit sous la douleur. La plaque blindée avait dû lui défoncer le bassin !

A l'aide de son fusil à rayons gamma, Lakton abrégea ses souffrances.

N'ayant pu s'emboîter dans l'alvéole inférieur commandant la fermeture hermétique, la plaque monta et descendit alternativement, comme si elle était suspendue à un ressort à boudin. Le mécanisme de blocage n'étant pas enclenché, Lakton souleva le blindage et le remonta avec effort.

Le vantail métallique s'enfonça dans la fente du plafond et s'y maintint.

Le prêtre rouge se recula, prit une longue inspiration d'air et grimpa les marches étroites de l'escalier en colimaçon à la suite de Kariven et de Mc Murray. Il entendit des voix, un bruit de lutte et arriva juste à point pour envoyer un faisceau de rayons gamma sur les deux vigies. Kariven et le biologiste avaient fait de la bonne besogne.

Au milieu de la plate-forme d'observation gisaient cinq hommes, foudroyés par ceux qu'ils croyaient avoir asphyxiés à l'entrée du mirador.

Confiants dans leurs moyens, ils avaient attribué l'obscurité de leur télévisionneur à une panne ou défectuosité quelconque et ils attendaient patiemment, derrière la porte étanche, que le gaz eût endormi les évadés.

Lakton examina le tableau de commande mural et lut les inscriptions portées sous chaque manette, volant ou bouton lumineux.

Ayant trouvé ce qu'il cherchait, il abaissa un disjoncteur et tourna la poignée isolante d'un volumineux rhéostat. De petites étincelles aigrettes dansèrent d'un plot à l'autre.

Au-dehors, un grincement métallique prolongé troubla le silence.

Entre deux pylônes en métal rouge, l'énorme grille de l'enceinte parcourue par un courant à haute tension se soulevait.

La porte de sortie ouverte, les bagnards étaient libres...

Pas tout à fait, pourtant, puisqu'il leur restait encore à vaincre Ménèktou et les impitoyables Traditionnalistes qui les avaient fait condamner.

CHAPITRE VIII

Une escadrille des Forces Néo-Sud-Africaines, composée de trois bombardiers lourds, allait aborder la banquise ouest de la terre de la Princesse Elizabeth.

Dans un quart d'heure, les bombardiers géants survoleraient le pôle Sud, et dix minutes plus tard, ils déverseraient leur cargaison de bombes sur la base de la Baie des Baleines, ce qui réduirait à néant le projet destiné à détruire le dangereux excédent de glaces polaires.

Ni le camp de base ni le brise-glace atomique n'étaient armés. Ils ne pourraient donc pas repousser cette attaque perfide fomentée par Ménèktou.

Par la faute du Grand Prêtre atlante et du criminel aveuglement du gouvernement Carpenter, le monde allait-il donc périr ? La Terre, perturbée dans sa rotation par le fantastique contrepoids de la calotte glaciaire en perpétuelle augmentation, ne tarderait pas à basculer sur son axe, ce qui provoquerait un déplacement subit des pôles et engloutirait les civilisations, soit sous les eaux des océans chassés de leur lit, soit par l'effondrement partiel des socles continentaux !

A la base franco-américaine, dans la cabine radio du brise-glace maintenant bloqué par la banquise, le préposé au radar sursauta. Sur l'écran détecteur, trois taches lumineuses se déplaçant à grande vitesse venaient d'apparaître. Il lança immédiatement un appel radio aux pilotes des appareils détectés mais ne reçut aucune réponse. Il répéta pendant plusieurs minutes ses appels, mais en vain. C'est alors qu'il jugea bon d'alerter le commandant Sonny Paterson, qui fit bientôt irruption dans la cabine. Sur l'écran clignotant, les taches brillantes se rapprochaient. Six minutes plus tard, les bombardiers lourds lâchaient un chapelet de bombes sur la base.

Dans un fracas épouvantable, le hangar B abritant les vivres fut pulvérisé, tandis que d'autres bombes allaient détruire la station radio installée à terre et défonçaient une notable portion de la banquise. Un réservoir de carburant fit explosion et répandit en quelques secondes une hallucinante nappe de flamme qui consuma tout sur son passage.

Vu l'altitude des bombardiers, leur tir manquait de précision et le brise-glace, ainsi que la majeure partie des hangars échappèrent à cette première attaque.

Mais, déjà, les bombardiers amorçaient au

loin un virage et remettaient le cap sur la base, ayant maintenant pour repère la nappe de carburant qui flambait comme une torche titanesque. Les monstrueux engins allaient descendre en piqué pour achever leur destruction !

Le Pacha du brise-glace tenta une ultime manœuvre et clama dans le micro d'ordre :

— Dirigez toute la puissance des réacteurs thermiques sur les tubulures jumelées du pont supérieur et projetez les gaz à la température maxima contre les bombardiers ! Laissez-les s'approchez et lâchez sur eux toute la sauce ! C'est notre seule chance de nous en tirer. Exécution !

Dans l'immense salle des machines, les mécanos s'affairèrent fébrilement à la tâche. Ils bloquèrent l'ensemble des tubulures périphériques qui servaient habituellement à fondre la glace, et dirigèrent le flux gazeux à haute pression vers les tubulures orientables du pont supérieur.

Dans un sifflement étourdissant, les trois bombardiers se rapprochèrent et piquèrent à une vitesse terrifiante. A deux cent cinquante mètres à peine du brise-glace atomique, ils furent enveloppés d'un sextuple jet de gaz à 900° ! Les tubulures en alliage au *Céramals* crachaient des langues de feu qui liquéfiaient littéralement le cockpit et tout l'équipage des bombardiers.

Les trois énormes appareils, dont les pilotes

avaient été carbonisés, tanguèrent et firent explosion peu avant de percuter la banquise.

Plusieurs hommes de la base qui avaient échappé au premier bombardement furent blessés, deux d'entre eux furent ensevelis sous la glace, mais l'*Ice Flower* échappa à la destruction. Par le courage et l'esprit d'initiative de son valeureux commandant, le bâtiment de l'US Navy était intact... à part quelques déchirures du blindage supérieur.

Sans perdre une minute, le commandant Sonny Paterson appela Washington, qui s'indigna de cette attaque traîtresse et donna immédiatement carte blanche au commandant du navire. Le plan prévu au cas où la Nouvelle Union Néo-Sud-Africaine romprait les conventions internationales devait être appliqué dans toute sa rigueur. Sonny Paterson se mit aussitôt en rapport avec le président Carpenter et lui fit part, sans mâcher ses mots, de la juste décision du Pentagone :

— Nous venons d'abattre les bombardiers lancés par vous sur notre base afin de la détruire. Par cette attaque inqualifiable, vous vous êtes rendu coupable d'un crime qui sera jugé devant la Cour Mondiale de Justice. Nous avons donc décidé de ne plus différer nos plans destinés à sauver le monde. Dans dix heures exactement, la banquise recouvrant soixante-sept pour cent de la calotte glaciaire sera pulvérisée par un chapelet de bombes atomiques. Il s'ensuivra un formidable raz de marée qui balayera tout sur son passage !... Et ne m'interrompez pas ! vociféra-t-il brusquement.

« Une escadre de Jumbo-Jet de transport escortés par des chasseurs armés de missiles viendra nous prendre dans la Baie des Baleines d'ici à une heure. Nous devrons abandonner l'*Ice-Flower* qui sera broyé par le cataclysme avec les installations qui subsistent au camp de base, mais nos techniciens seront saufs. Vous avez précipité les événements, tant pis pour vous ! Vous disposez de dix heures pour évacuer la population des villes situées à une altitude inférieure à cent mètres. Les habitants étant innocents de votre crime, nous allons envoyer sur-le-champ une flotte de dix mille aérobus géants pour vous faciliter l'évacuation vers des régions présentant toute garantie de sécurité.

« Donnez immédiatement les ordres d'évacuation. Que la population des villes et des villages se rassemble aux abords des aérodromes ou des espaces découverts qui permettent un atterrissage au voisinage des agglomérations. Dans une heure, nos aérobus survoleront vos territoires. Vos techniciens, les autorités, l'armée et les forces de police devront faciliter cet exode massif. Quand à vous, Carpenter, tenez-vous à la disposition de la Cour Mondiale de Justice qui statuera sur votre cas... à moins que vous ne vous fassiez justice vous-même...

« Ce message enregistré va être diffusé depuis Washington sur les relais sud-africains et pourra être capté par tous. Terminé.

***

Pendant que couvaient ces tragiques événements, les bagnards fugitifs préparaient leur salut, ignorant que près des trois quarts de l'Antarctide allaient être engloutis plus tôt qu'ils ne le pensaient.

Devant la grille métallique soulevée, Kariven, Zilna, Ronny Burton, cinq autres explorateurs et une vingtaine d'Atlantes s'étaient groupés, un peu en retrait des prisonniers qui sortaient du pénitencier.

Kariven donna ses instructions à Billy Mc Murray :

— Nous allons nous séparer, Mac. Je te confie la direction des opérations extérieures. Avec Lakton pour guide, tu sauras où aller. Pendant ce temps, nous emprunterons le souterrain découvert dans la mine afin de prendre Ménèktou à revers. Vous n'entrerez en action que lorsque nous paraîtrons sur le parvis du Temple... Ça n'ira pas sans mal, mais c'est notre seul espoir de réussite. Bonne chance, Mac ! fit-il en serrant la main du biologiste.

— Bonne chance à toi aussi, vieux frère ! répondit l'Américain avec émotion.

***

Les deux cents bagnards, hommes et femmes, pauvrement vêtus de pagnes en grossière toile brune, avançaient prudemment dans la nuit crépusculaire. Une sorte de halo blafard, voilé de mauve, dominait les crêtes montagneuses, attestant la présence du Soleil de Minuit qui ne deviendrait visible que plus tard, au-dessus de la vallée.

Les projecteurs à infrarouge ne tarderaient pas à s'allumer et cela ajoutait à la hantise des évadés. Même en se tenant à l'écart de la ville, ces derniers passeraient-ils inaperçus ?

L'exécution de Lwinha, prévue pour la nuit, avait sans doute accaparé l'ensemble de la population. Présentement, les citadins devaient s'amasser aux abords du Temple Sacré devant lequel Ménèktou avait ordonné aux Atlantes de se rassembler.

La colonne mouvante progressant dans l'ombre des grands arbres s'étirait lentement. Cinq cents mètres plus loin la cité, brillamment illuminée pour la circonstance, projetait vers le ciel une impressionnante couronne de lumière rouge. Sous cette auréole écarlate elle ressemblait à une fabuleuse cité de rêve. Ses bâtiments recouverts d'un blindage d'Orikank s'élevaient, depuis leur large base, jusqu'à une hauteur étonnante. Au centre de la ville s'érigeait la massive pyramide coiffée du Temple Sacré qui dominait majestueusement toutes les constructions.

Les bagnards, tapis dans les buissons le long de la rivière, attendaient avec anxiété le signal de l'action. Ils n'avaient rien mangé depuis midi mais la sensation douloureuse qu'ils éprouvaient au creux de l'estomac ne provenait pas de la faim. Habitués à vivre dans la crainte du Dieu Paahl et de son représentant temporel — Ménèktou, en l'occurrence — ils avaient peur en songeant à leur audacieuse rébellion. Non pas une peur lâche, mais une crainte irraisonnée d'encourir le courroux divin.

Malgré l'enseignement rationnel de la Déesse de l'Ombre qui, au sein du groupement évolutionniste, s'était efforcée de démontrer la vanité de leurs superstitions, ils demeuraient craintifs dans leur naïveté.

Devant leur masque tourmenté, Lakton les exhorta au courage et fit vibrer leur sentiment de justice en stigmatisant les procédés infâmes de leurs oppresseurs :

— J'appartenais moi-même à la caste des prêtres que vous redoutez. Je suis donc mieux placé que quiconque pour vous assurer que mes ex-coreligionnaires restés fidèles au vil Ménèktou n'ont jamais commercé avec les Dieux. Paahl, Timko et les autres divinités de la religion atlante ne sont que les symboles d'un mythe dont le but principal était de vous maintenir dans la crainte afin de mieux vous asservir. Est-ce le fait d'un prêtre se disant le protecteur de la race atlante que d'assassiner une innocente ? Car ma sœur est innocente et vous le savez tout comme moi !

« Nous devons abattre Morkos et Ménèktou afin de replacer Poklos à la tête de notre communauté. Ces deux-là, qui nous ont condamnés pour avoir professé notre foi en l'Evolutionnisme, voulaient s'expatrier à tour de rôle dans le Monde Extérieur tandis que nous, pauvres dupes, resterions ici à peiner dans les mines. Au nom de Lwinha et en celui de Poklos, mon vénérable ami, je prends l'engagement solennel de vous faire quitter le Monde Oublié. Il existe une seconde issue connue de Ménèktou. Si nous ne la trouvons pas, nous devrons emprunter un autre chemin que je pense pouvoir vous indiquer...

Les explorateurs, surpris, considérèrent Lakton. Avait-il découvert le moyen d'abandonner cette vallée qui n'avait plus d'Heureuse que le nom ?

L'allumage des projecteurs infrarouges fit sursauter Mc Murray qui, inquiet, interpella le jeune ex-prêtre :

— C'est à onze heures que les projecteurs recommencent à fonctionner. Nous n'avons pas une minute à perdre...

— L'exécution est prévue pour minuit ! Hâtons-nous, mais ne commettons pas d'imprudence, dit Lakton en se levant, imité par tous les prisonniers. Si Kariven et ses hommes entraient dans la lutte sans nous, ils se feraient massacrer ! Nous devons nous manifester au moment opportun pour jouir de l'effet de surprise...

***

Kariven et ses compagnons avaient revêtu les cagoules protectrices. Au fond de la mine uranifère ils s'étaient glissés dans le souterrain et avançaient d'un bon pas.

Les explorateurs n'avaient plus de montres (elles leur avaient été confisquées lors de leur arrestation) mais, par déduction, ils savaient approximativement l'heure qu'il était : les sirènes annonçant la fin du travail sonnaient à 19 heures ; le coup de main qui leur avait permis de s'évader n'avait pas demandé plus de deux heures ; il devait donc être près de 21 heures. La traversée du souterrain s'effectuant en deux heures environ, ils atteindraient la dalle communiquant avec la chambre de Ménèktou une heure avant l'assassinat délibéré de Lwinha. Tout concordait avec l'horaire prévu.

Dans le cadre de l'action combinée, l'équipe souterraine et le gros des forces évolutionnistes libérées devaient opérer leur jonction en temps voulu, juste avant l'exécution...

A la tête de son « commando » Kariven marchait torturé par la crainte et l'anxiété. Le perfide Ménèktou n'aurait-il pas fait subir des sévices à Lwinha avant de la supprimer ? La drogue, qu'à l'instar de ses malheureuses compagnes elle avait dû absorber, n'aurait-elle pas de fâcheuses répercussions sur son organisme, lorsqu'elle serait délivrée ?

Il en était là dans ses cogitations lorsque, s'abaissant pour s'engager dans le premier boyau menant à la dalle de sortie, le sol vibra sous ses pas.

Interdits, tous s'arrêtèrent en prêtant l'oreille. Dominant insensiblement leur souffle précipité, un grondement souterrain naquit, s'intensifia, roula comme un tonnerre assourdi puis se déchaîna avec violence. Les explorateurs perdirent l'équilibre et écartèrent vivement les bras pour se retenir aux parois.

— Qu'arrive-t-il ? s'écria Ronny Burton, livide sous le pâle éclat des bâtonnets lumineux.

— La secousse est trop faible pour penser qu'il s'agit des bombes atomiques prévues pour la désagrégation de la calotte polaire. Mais cela m'a tout l'air d'être un tremblement de terre, émit Kariven, l'épaule contre le mur.

— C'est bien ce que je craignais, confirma le géophysicien. Les volcans Terror et Erébus (Erébus en particulier) sont en activité dans le continent antarctique. Comme la plupart de mes collègues, j'ignorais que des éruptions importantes se produisaient à notre époque, et celle-là...

Une brusque secousse ballotta les évadés d'une paroi à l'autre de l'étroit boyau puis, soudain, un craquement sinistre se produisit. Les briques en losanges formant le revêtement du souterrain se détachèrent et churent sur les explorateurs. Une pluie de terre les accompagna.

Impressionnée par l'étrangeté du lieu et par ce phénomène insolite, Zilna, qui frisait la crise de nerfs, se mit à hurler :

— Nous allons mourir écrasés ! Le Temple va s'effondrer sur nous !

Une masse de terre et une grêle de pierres s'abattirent sur la jeune fille. Les cheveux en désordre, les yeux dilatés par l'épouvante, Zilna cria, mais une nouvelle secousse eut raison de son système nerveux. Elle s'évanouit.

Dans un craquement épouvantable, la voûte du souterrain s'affaissa derrière eux. Un monticule de terre et de matériaux obstrua le conduit et rendit tout recul impossible. Enseveli sous les décombres, l'Atlante qui fermait la marche poussa un râle affaibli. Un gros rocher se détacha du plafond et l'acheva en lui broyant le crâne.

— Mort, murmura d'une voix blanche celui qui le précédait.

— Courage, souffla Kariven. Encore quelques mètres et nous serons à l'air libre.

Ronny Burton caressait anxieusement le visage de Zilna qui, peu à peu, revenait à elle.

La colonne reprit sa reptation et, non sans peine à cause des divers éboulements de moindre importance, elle parvint finalement à l'extrémité du passage secret.

— Nous y sommes ! exulta Kariven en laissant, pendant quelques instants, reposer sa tête sur son bras replié.

Il était exténué, comme ses compagnons, d'ailleurs.

Tous ces incidents leur avaient non seulement fait perdre beaucoup de temps, mais ils avaient aussi coûté la vie à un Atlante.

Kariven leva le poing et, répétant le geste de

Lakton, frappa durement le sol devant la dalle rectangulaire. *Rien ne se produisit.*

Le jeune médecin fronça les sourcils. De nouveau, il abattit son poing sur le revêtement en pierre qui, en s'enfonçant d'un millimètre ou deux, aurait dû mettre en marche le système d'ouverture.

La dalle resta obstinément en place.

Une fois, deux fois, trois fois encore il refit le même geste en y mettant toute sa force et sa colère, mais en vain ; l'issue restait bloquée ! Une lueur de folie passa dans les yeux des ex-bagnards.

Kariven pencha lentement la tête de côté afin de voir Ronny Burton, à plat ventre derrière lui et, d'une voix étranglée par l'angoisse, il laissa tomber :

— Nous sommes enterrés vivants ! Le tremblement de terre a détraqué le mécanisme de la dalle !...

***

Dès les premières secousses sismiques, Ménèktou quitta précipitamment sa grande chambre. Un tube luminescent fixé au plafond de mosaïque tomba et s'écrasa sur le sol. Deux vases en opaline verte oscillèrent sur un meuble et vinrent se briser sur le parquet de marbre.

Dans le jardin intérieur du Temple où il venait d'arriver, le Grand Prêtre se heurta à Morkos. Le Chef des Traditionalistes était vert de peur.

Sa toge mal ajustée pendait davantage du côté droit que du côté gauche, où elle découvrait un mollet velu !

— La Gueule de Feu se réveille ! grommela Ménèktou.

— Les Dieux sont contre nous ! larmoya Morkos dans une grimace comique.

— Laisse les Dieux tranquilles, froussard ! Depuis des générations, le volcan situé au sud de la vallée gronde de temps en temps, mais c'est tout ce qu'il fait. Ne te plains pas de son intervention, qui est fort opportune, au contraire. Nous allons mettre cet incident sur le compte des Dieux irrités. Viens avec moi, l'heure de l'exécution approche !

— Mais, au fait, ne... ne se pou... pourrait-il pas que ce soit les... les bombes atoto... atomiques des Blancs ? bégaya Morkos.

Ménèktou s'arrêta, mal à l'aise à cette pensée.

— Je ne le pense pas, réfléchit-il. La déflagration aurait été terrifiante... et nous ne serions déjà plus de ce monde. Mais il est facile de se renseigner. Allons trouver Poklos et appelons le colonel Kraemer par son intermédiaire.

Quelques instants plus tard, Poklos, drogué par Ménèktou, se mettait en contact télévisé avec l'officier supérieur de l'Etat-Major des Forces Néo-Sud-Africaines. Il eut bien du mal à l'obtenir et c'est un visage défait qui apparut sur l'écran.

— Que voulez-vous ? questionna Kraemer sans aménité.

Renseigné sur la futilité de leur demande, il les apostropha vertement :

— Je m'en fous, de vos salades et de vos craintes stupides ! Nos trois bombardiers ont été descendus par le brise-glace de la base franco-américaine ! Dans moins de neuf heures, les trois quarts de l'Antarctide seront pulvérisés par les bombes. Et nous n'y pouvons plus rien. Nous avons échoué et devons évacuer la Rhodésie. Le président Carpenter s'est suicidé, il y a un instant, devant son émetteur après avoir lancé l'ordre de fuite. Je dirige les opérations d'évacuation sous les ordres des officiers américains qui viennent d'arriver avec les aérobus prévus pour l'exode de la population.

Morkos et Ménèktou se regardèrent, sidérés. Leurs lèvres tremblaient.

— Mais... mais, bredouilla à son tour Ménèktou. Vous n'allez pas nous abandonner ici ?

— Votre vallée résistera peut-être au cataclysme car elle est protégée par de hautes montagnes et...

— Plus maintenant. Notre volcan vient d'entrer en éruption. Quand les bombes exploseront, sa puissance risque d'être centuplée !

— Faites quelque chose ! supplia Morkos. Nous possédons d'immenses richesses. Envoyez un avion nous chercher, Ménèktou et moi, et nous vous ferons présent de tous les diamants que nous pourrons emporter. Je vous en supplie !... Ne nous abandonnez pas !...

Agacé, le colonel Kraemer l'interrompit :

— Je ferai l'impossible... mais je ne puis rien vous garantir. Tous les appareils sont réquisitionnés. Sortez donc de la vallée et tenez-vous sur la plaine de glace, au nord de l'escarpement rocheux terminant votre oasis, et faites des signaux fumigènes. Vous savez comment sortir de la vallée, je crois ?

— Oui, oui, susurra obséquieusement Morkos, Ménèktou sait. Envoyez l'aéronef et nous vous ferons riche... Vous...

Kraemer coupa le contact.

Les deux complices échangèrent un regard furtif, peu fiers de leur lâcheté devant le danger. Ménèktou rompit le silence et élabora rapidement un plan machiavélique.

Morkos s'éclipsa pour revenir au bout de dix minutes.

— As-tu bien doublé les gardes ? s'informa le Grand Prêtre. Le cordon de surveillance est-il déployé autour de la pyramide ? Les masques inhalateurs volés ont-ils été remplacés ?

— Oui, oui, s'empressa de répondre le Chef des Traditionalistes. Mes ordres ont été scrupuleusement exécutés...

— Viens, décréta Ménèktou. Profitons de nos derniers moments en ce lieu condamné pour démontrer l'étendue de notre pouvoir !

La grande place circulaire au milieu de laquelle trônait la pyramide fourmillait de monde. La foule s'amassait jusque dans les rues convergeant vers la demeure du Dieu Paahl.

Sous la lueur diffuse des projecteurs infrarouges, ces milliers de curieux ressemblaient à une monstrueuse colonie de bestioles grouillantes, passablement affolées d'ailleurs par les secousses et les grondements sismiques. Un poteau avait été dressé sur le parvis du temple. Dans une demi-heure, Lwinha y serait ligotée. Un microphone, habilement dissimulé dans une plante verte, allait amplifier les paroles de Ménèktou, que des haut-parleurs également cachés sous le feuillage autour de la pyramide, diffuseraient à la population atlante émerveillée.

— Fils d'Atlantis ! commença le Grand Prêtre flanqué de Morkos. Comme vous avez pu vous en rendre compte, le Dieu Paahl a manifesté son irritation en ébranlant le sol. C'est le sacrilège de Lwinha qui a motivé son courroux. A ceux qui hésitent encore — je veux parler des égarés, les Evolutionnistes — je dis : prenez garde ! Lwinha a encouru la juste fureur de Paahl et nous risquons de payer tous très cher le crime dont elle s'est rendue coupable. Devions-nous la laisser vivre après qu'elle se fut insurgée contre notre divinité ?

— A mort ! A mort ! braillèrent les hommes de Morkos disséminés dans la foule.

Aussitôt, tels les moutons de Panurge, les Atlantes proférèrent en chœur la même menace, sans trop de conviction ni de haine à l'égard de la « criminelle », mais plutôt par égoïsme. Personne ne voulait subir le châtiment divin pour un sacrilège commis par une Evolutionniste égarée.

Ménèktou se retourna et, d'un geste majestueux, frappa deux fois des mains.

Encadrée par des gardes, Lwinha franchit lentement le portique à colonnes et s'avança sur le parvis du temple. La foule se tut. Le silence qui régnait à présent était impressionnant, dans cette vaste assemblée qui, une minute plus tôt, lançait des cris de mort.

La jeune fille, dont le splendide corps cuivré n'avait pour toute parure qu'une tunique diaphane, fut placée devant le poteau. La malheureuse, encore sous l'empire de la drogue, se laissa guider sans opposer la moindre résistance. Ses bras, liés par les poignets, furent levés au-dessus de sa tête et attachés au sommet du poteau. Une solide corde fixait également ses pieds à la base du pieu fiché dans le sol.

Un gong en métal rouge avait été suspendu entre deux colonnes du temple. Un Atlante, véritable hercule à la peau luisante, attendait, prêt à brandir sa massue qui devait sonner l'heure de l'exécution. Ménèktou saisit un tube électrocuteur et, levant les yeux, il contempla l'horizon.

Lentement, très lentement, dans le halo rosâtre teinté de mauve qui répandait une clarté diffuse sur la vallée, apparut le disque pâle du Soleil de Minuit. Dès que l'astre émergea tout à fait des crêtes montagneuses, la massue de l'hercule rouge heurta le gong. Une vibration sonore monta, s'amplifia brusquement sous les arcades du temple et mourut mollement dans le lointain, renvoyée en échos assourdis au fond de la vallée.

Ménèktou s'approcha alors de Lwinha qui reprenait insensiblement connaissance. Lorsqu'elle vit la face grimaçante de son bourreau, réalisant toute l'horreur de sa triste destinée, elle poussa un cri déchirant. Elle se tordit, tira sur ses liens mais ne parvint qu'à s'entailler les poignets et les chevilles. Ses yeux révulsés de terreur fixaient le bras levé armé d'un tube qui allait expulser son rayon mortel.

— Kary ! hurla-t-elle une dernière fois, puis elle s'évanouit.

***

Fébrilement, sans se laisser abattre par le désespoir, Kariven cherchait à dégager la pierre de revêtement qui dissimulait le mécanisme de la dalle. Dans la faible portion de souterrain où lui et ses compagnons étaient emmurés, l'air commençait à devenir irrespirable. La sueur inondait leurs corps.

— Nous n'allons pas mourir comme ça, à quelques mètres du but, gémissait Zilna en pleurant. Aurons-nous tant souffert sans pouvoir sauver Lwinha ?

— Ne parle pas, Zilna, murmura Ronny Burton, la gorge en feu. L'air est vicié... L'oxygène s'épuise...

Le couvercle de pierre protégeant le système d'ouverture de la dalle se souleva un peu sous les doigts meurtris et sanglants du médecin. Il introduisit avec précaution le tube électrocuteur dans la rainure et exerça une pression à l'aide de ce levier improvisé. Le couvercle remonta d'un centimètre. Kariven pressa davantage et un claquement sec troubla le bourdonnement qui emplissait ses oreilles. Le tube venait de casser ! Le couvercle retomba !

Kariven souffrit un instant de profond découragement. D'un revers de main il s'essuya le front et, d'une voix rauque, il demanda :

— Un autre tube...

Sans répondre, Mc Murray lui donna le sien et celui de Zilna.

Le médecin introduisit les deux tubes à la fois, et, de nouveau, il tenta de soulever le couvercle de pierre. A sa grande joie, la dalle sortit enfin de son cadre.

S'éclairant d'un bâtonnet lumineux, Kariven examina le mécanisme.

Les secousses sismiques avaient faussé un axe de transmission. Ne pouvant plus tourner, cet axe refusait d'enrouler le câble de traction.

La vue de Jean Kariven se brouillait. Le bourdonnement de ses oreilles devenait insupportable et le peu d'air vicié qu'il respirait brûlait ses poumons. A tâtons, il agrippa le câble tendu et le tira à lui.

En se dévidant, le tambour de gauche tourna sur son axe, remonta un contrepoids et, par saccades, la dalle se souleva, laissant pénétrer l'air pur et la lumière des rampes au néon.

Kariven aspira goulûment plusieurs fois, puis il saisit son fusil à rayons gamma.

La chambre de Ménèktou était vide. Les arabesques de verre opalin, au plafond, répandaient leur doux éclairage.

Un à un, Blancs et Rouges sortirent du souterrain qui avait bien failli devenir leur tombeau.

— Ouf ! soupira Mc Murray. J'ai bien cru que nous y laisserions notre carcasse ! Ça commençait à sentir le renfermé, là-dedans !

Soudain, une voix de femme hurlant d'effroi déchira le silence :

— Kary !

— Lwinha ! s'exclama Kariven. Bon Dieu ! Minuit ! Pourvu que nous n'arrivions pas trop tard...

L'arme au poing et guidés par Zilna, tous s'élancèrent en direction du lieu du sacrifice. Ils traversèrent le jardin du temple au pas de course et se coulèrent derrière les colonnes jalonnant l'allée couverte du portique.

Jean Kariven siffla bruyamment entre ses dents, à la manière des mauvais garçons.

Les explorateurs mêlés à la foule devaient avoir compris ce signal.

Précédant son équipe, Kariven s'élança. Son fusil à rayons gamma tenu à la hanche comme une mitraillette expulsa un éventail d'ondes mortelles. Le géant affecté au gong, et deux prêtres, s'écroulèrent sans une plainte.

Ménèktou, alerté par le coup de sifflet, suspendit son geste. Voyant tomber ses prêtres et l'hercule, il fit un saut de côté, évita par miracle la décharge du fusil de Kariven et partit en zigzaguant.

— Ne tirez pas ! tonna Kariven craignant d'atteindre les Atlantes qui affluaient de toutes parts. Poursuivez-les !

Mais Morkos et Ménèktou avaient pu prendre la fuite...

Au pied de la pyramide retentit brusquement une salve de crépitements. Le cordon de gardes venait d'être surpris par le groupe de Ronny Burton. Ce dernier, commandant avec Lakton les deux cents bagnards évadés, montait à l'assaut du temple. Persuadé que la colère des Dieux s'en prenait à elle, la foule terrorisée s'ébranla. Les cris, les hurlements de femmes qu'on bouscule et qu'on piétine sans vergogne montèrent de toute part.

Un remous gigantesque brassa les milliers d'Atlantes venus assister à l'exécution. Rapidement, une terreur panique s'empara d'eux. Dans la folie collective qui poussait les individus à fuir sans se soucier des femmes et des enfants qu'ils renversaient et massacraient sans la moindre pitié, des corps était foulés aux pieds par centaines.

Soudain, une immense clameur jaillit de toutes les poitrines.

Les projecteurs infrarouges et la totalité des lumières de la ville venaient subitement de s'éteindre ! Les cris, le tumulte et les gémissements fusionnèrent en un vacarme indescriptible, horrible et inhumain.

Sur le parvis du temple, heureusement moins encombré que la place publique où les coups pleuvaient au hasard, Kariven et ses compagnons s'éclairaient faiblement avec les bâtonnets. Après avoir abattus les prêtres complices de Ménèktou, ils détachèrent la jeune fille, qui fut transportée sur-le-champ dans le jardin du temple.

***

Profitant de l'affolement général, Morkos et Ménèktou avaient disparu. Grâce à leur avance, ils avaient pu atteindre la crypte de la pyramide abritant la génératrice d'énergie électrique qui alimentait toute la vallée. En plongeant la ville dans l'obscurité, les deux forbans pouvaient plus aisément prendre la fuite. Le soleil redescendait derrière les crêtes montagneuses pour céder la place à une nuit claire.

Lakton et quelques prisonniers s'élancèrent vers les cryptes afin de rétablir le courant.

La ville, noyée dans le noir, pleine d'un vacarme où le râle des mourants se confondait avec les appels au secours des blessés, était un véritable enfer. La plus hallucinante vision cauchemardesque n'était rien comparée à ce bruyant carnage.

Les Evolutionnistes conduits par Mc Murray et ses compagnons s'étaient rapprochés de la pyramide. Ils trouvèrent sans trop de mal le grand escalier. Suivant leur chef qui levait un bâtonnet au-dessus de sa tête, ils atteignirent le parvis du temple et opérèrent la jonction avec Kariven et ses hommes.

Les lumières de la ville et les innombrables projecteurs s'éclairèrent enfin. Dans la cohue mugissante se produisit un flottement.

Lakton revint en courant et, après avoir découvert le microphone dissimulé dans les guirlandes de fleurs, il se mit à lancer des ordres à la foule :

— Arrêtez cette tuerie, fils d'Atlantis ! Arrêtez !

Cinq minutes s'écoulèrent au moins avant que les Atlantes ne consentent à refouler leur peur et à prêter l'oreille à cette voix mystérieuse qui semblait sortir du Temple Sacré.

— Ecoutez, fils d'Atlantis ! clamait Lakton. Ce n'est plus Ménèktou le félon qui vous parle, mais Lakton, l'ami de Poklos, votre chef bien-aimé, le seul auquel vous deviez obéir ! Calmez-vous et sachez que ma sœur Lwinha est innocente du prétendu crime que l'ignoble Ménèktou essayait de lui faire endosser. Paahl, Timko et toutes les divinités que vous craignez et redoutez inutilement ne sont que des mythes ! Des Dieux de pacotille, des ombres sans consistance, des épouvantails n'ayant pas plus de pouvoir qu'un souffle de vent tiède. Des mots, ce ne sont que des mots et rien de plus...

De la foule interdite, apaisée mais stupéfaite

par ces audacieuses déclarations, montaient des murmures sceptiques et réprobateurs.

— Non ! Fils d'Atlantis ! Vous êtes dans l'erreur, gronda le fougueux Lakton dont la voix, à force de crier, devenait rauque.

« Si le Dieu Paahl existe, si Timko et les autres divinités président réellement aux destinées du monde, j'en appelle à votre témoignage, fils d'Atlantis ! Que leur Toute-Puissance me terrasse sur-le-champ puisque, à vos yeux, je les ai offensés !

Lakton, les bras écartés, la tête rejetée en arrière et les yeux au ciel, avait dit cela sur un ton pathétique. Il semblait défier les dieux chimériques qui hantaient l'esprit des Atlantes, volontairement maintenus dans la superstition par une longue lignée de Grands Prêtres aussi fourbes les uns que les autres.

Naturellement, malgré cette insulte publique, les Dieux restèrent cois.

La foule, d'abord frappée de terreur irraisonnée par ce défi blasphématoire, s'attendit à voir Lakton tomber foudroyé.

Mais comme il n'en fut rien, au bout de quelques minutes, des cris d'allégresse montèrent dans la nuit.

— Vive Poklos ! Loué soit Lakton ! Les Dieux ne sont plus...

Lakton laissa retomber ses bras le long du corps et baissa la tête.

Sur son visage, des larmes de joie s'écoulaient lentement.

En moins d'une demi-heure, il avait démoli la sordide machination que les Grands Prêtres entretenaient depuis des millénaires.

Kariven, soutenant Lwinha par la taille, s'approcha de lui et, sans dissimuler son émotion, déclara :

— Vous... Tu as été admirable, Lakton. Grâce à ton intervention, ces braves gens qui vivaient dans la crainte du pseudo-Dieu Paahl vont être délivrés de leur mysticisme. C'est le triomphe de l'évolutionnisme !

— Merci, Kary. Toi et tes valeureux amis m'y avez bien aidé. Je crois que c'est le plus beau jour de ma vie, fit-il de sa voix enrouée.

Tout à coup, un groupe de jeunes Atlantes évadés arriva. Ils poussaient devant eux un prêtre, assistant de Ménèktou.

— Nous l'avons capturé alors qu'il s'enfuyait du laboratoire de physique. Parle ! ordonna l'un des jeunes gens au prêtre tremblant d'effroi.

Celui-ci ne se le fit pas dire deux fois :

— J'ai suivi le Grand Prêtre et Morkos lorsqu'ils se sont enfuis, alors que vous attaquiez le Temple Sacré. Je pensais être en sécurité avec eux... Dans les cryptes de la pyramide, en entrant dans le laboratoire de physique, ils me fermèrent la porte au nez. Par le voyant resté ouvert, je les ai vu s'emparer de la *Bombe thermique* et prendre, dans un placard, deux inhalateurs d'oxygène...

— Une bombe thermique, dis-tu ? s'informa Lakton. Et que vont-ils en faire ?

— Cette bombe, qui est une récente invention de notre labo de recherches est, sous un faible volume, le plus puissant explosif thermonucléaire connu...

— Thermonucléaire !... Tu veux parler d'une bombe à hydrogène ?

— Oui... Ménèktou et Morkos ont disparu en l'emportant. Je les ai entendu prononcer le nom du volcan « la Gueule de Feu ». S'ils parviennent à jeter cette bombe dans le cratère, toute la vallée sautera !

CHAPITRE IX

Ménèktou et Morkos émergèrent d'un puits dissimulé dans une anfractuosité de roc, à deux kilomètres de la cité. A la faveur du tumulte causé par l'intervention inopinée de Kariven et de ses compagnons, ils avaient pu s'éclipser, stopper la génératrice et gagner les cryptes de la pyramide. Là, ils empruntèrent un souterrain secret qui les mena directement en rase campagne, au sud de la vallée.

Morkos, chargé des deux masques inhalateurs et de leurs réservoirs d'oxygène, ahanait sous son fardeau. Ses poches étaient pleines de diamants, de rubis et d'émeraudes qu'ils destinaient au colonel Kraemer... si toutefois celui-ci les envoyait chercher !

Ménèktou ouvrait la marche sur un sentier pierreux serpentant au flanc de la montagne. Il portait sur son épaule droite un lourd cylindre de métal abritant, sous un volume réduit, une microbombe thermonucléaire plus dévastatrice encore que les bombes H « classiques » ! Le culot de l'engin meurtrier possédait, dans un creux, diverses touches et boutons surmontés de cadrans de contrôle. Un détonateur à mouvement d'horlogerie permettait de faire exploser la charge à retardement. Une enveloppe spéciale arrêtait les radiations provenant de son « noyau ». La puissance de cette bombe miniature ne se mesurait pas à son faible volume, mais à la qualité particulière de ses éléments nucléaires légers. La judicieuse répartition de sa charge *protonique,* devant constituer la matière explosive, en faisait une arme fantastique.

Ainsi les deux criminels, avant de fuir à jamais cette oasis paradisiaque, voulaient être certains qu'elle n'échapperait pas à la destruction de l'Antarctide par les Blancs. Pour se venger des explorateurs, ils n'hésitaient pas à sacrifier vingt mille êtres humains !

Le Grand Prêtre félon et son complice poussif parvinrent après une heure d'effort au sommet du cône volcanique qui se dressait au milieu de la vallée.

De faible altitude, le mont recouvert de scories et de lave était curieusement encadré de hautes falaises qui, à droite et à gauche, formaient les versants de la Vallée Heureuse.

La rivière, à son pied, le contournait et allait arroser le sol fertile où croissait une végétation aussi abondante que variée.

Des fumeroles brunâtres sortaient par saccades du cratère en volutes irrégulières et s'élevaient lentement dans la nuit que le soleil de minuit teintait de reflets bleutés.

Ménèktou se hissa sur la gueule béante et descendit avec d'infinies précautions sur la pente intérieure. En contrebas de cette cuvette large de quatre cents mètres environ, rougeoyait le cratère proprement dit.

Le Grand Prêtre, timidement suivi par Morkos, s'arrêta sur une étroite corniche et déposa la bombe qui lui meurtrissait l'épaule. S'aidant mutuellement, ils s'adaptèrent les masques inhalateurs, ouvrirent l'arrivée de l'oxygène et reprirent la descente. Ainsi protégés de l'asphyxie, ils entrèrent dans la zone balayée par les vapeurs toxiques. Tels des démons au seuil de l'enfer, ils progressaient avec une extrême prudence.

Silhouettes imprécises dans les volutes noires qu'illuminaient parfois les flammes du volcan, les deux hommes ressemblaient à des êtres d'épouvante peuplant un autre monde. A quatre-vingts mètres seulement du gouffre fumant, ils firent halte une seconde fois et entreprirent d'attacher un long câble à la bombe thermonucléaire.

L'extrémité du filin munie d'un faisceau de grappins d'acier solidement enfoncés dans la lave, les deux criminels firent descendre l'engin de mort après en avoir convenablement réglé le détonateur à retardement.

Le cylindre renflé glissa doucement sur la paroi intérieure du cratère et s'immobilisa à dix mètres à peine de la gueule ignivome crachant des nuages délétères chargés d'éclairs.

Ménèktou s'accroupit et tripota un appareil rectangulaire qui joignait le câble aux grappins. Le Grand Prêtre tourna avec précaution un bouton en suivant attentivement le déplacement d'une aiguille sombre sur un écran lumineux. Il stoppa l'aiguille sur le chiffre 5 et, précédé de son acolyte, il remonta la pente pour sortir de la cuvette volcanique.

Cinq secondes avant l'explosion de la bombe, ce dispositif libérerait le câble qui la retenait au-dessus de l'abîme.

L'engin tomberait alors dans le cratère et ferait explosion juste avant de toucher le magma en ignition.

Au sein du volcan, la réaction en chaîne déclencherait alors une épouvantable catastrophe qui disloquerait les montagnes et raserait la cité atlante.

Morkos et Ménèktou disposaient de cinq heures pour fuir la vallée par la seconde issue, connue du Grand Prêtre seulement. Abordant la corniche, à mi-chemin entre le cratère et le sommet de la cuvette, les deux hommes s'arrêtèrent pour ôter leur masque inhalateur.

Morkos abandonna l'appareil sur la lave séchée et soupira d'aise.

Leur monstrueuse mission accomplie, porter cet encombrant fardeau devenait inutile.

Ménèktou, le visage découvert par le masque qui pendait sur sa poitrine, n'arrivait pas à dégrafer les sangles retenant dans son dos les réservoirs d'oxygène.

Rendu furieux par ce contretemps, il tira violemment sur la sangle, si violemment que son mouvement de va-et-vient le fit trébucher. Ses pieds, mal assurés sur le bord de la corniche, glissèrent.

Le Grand Prêtre tenta de s'agripper à Morkos, rata la main qu'il lui tendait et, perdant l'équilibre, tomba à la renverse. Ses bras battirent l'air désespérément. Il essaya d'attraper le câble retenant la bombe thermique mais il n'y parvint pas et cabriola sur la pente raide.

Ménèktou roula, culbuta, s'emmêla dans les sangles de l'inhalateur et, poussant un cri inhumain, il disparut dans le gouffre de feu.

Morkos, les yeux révulsés, hurla d'abord comme un damné. Son visage tordu dans une horrifiante grimace, il prit sa tête à deux mains puis il se mit à rire. Il rit à gorge déployée, d'un rire inextinguible, un rire de dément. Morkos était devenu fou !

Secoué par un tremblement convulsif, ricanant tel un hystérique en pleine crise, il monta lentement, franchit la crête et redescendit sur le versant de la montagne en direction de la vallée.

Lorsque Kariven et ses compagnons partis à la poursuite des deux criminels le rencontrèrent, il riait toujours.

Marchant comme un automate, Morkos ne parut pas les reconnaître.

En le voyant paraître ainsi, au tournant d'un sentier, Lakton et ses amis devinrent perplexes. Son regard d'halluciné, ses cheveux en désordre et ses gestes indécis ne leur laissèrent aucune illusion sur son état mental.

— Où est Ménèktou ? le questionna Lakton.

Morkos le regarda d'un air niais et, après mûre réflexion, il hoqueta :

— Dans le volcan...

— Que fait-il donc dans le volcan ? s'impatienta Lakton.

Et Morkos de répondre, avec cette imperturbable logique que confère parfois l'aliénation mentale :

— Il brûle...

Les explorateurs, auxquels Lakton venait de traduire ces paroles sibyllines, se regardèrent avec inquiétude.

— Et la bombe ? s'informa le jeune prêtre évolutionniste. Qu'a-t-il fait de la bombe ?

Morkos fit un violent effort pour articuler :

— Elle va... sauter.

Sans comprendre un traître mot du langage atlante, Kariven et ses hommes lurent la réponse dans le regard horrifié de Lakton.

Ce dernier, empoignant le dément au collet, éructa :

— Quand ? Parle, Morkos, ou je t'abats sur-le-champ !

Une lueur d'effroi passa dans les yeux du fou qui se raidit, puis il divagua :

— Tout de suite... Dans une heure... Demain... Le passage !

Il éclata soudain d'un rire démoniaque et se calma pour ajouter d'un air sournois :

— Le passage... Ménèktou savait... Moi, non. Tous... Nous allons tous crever !

Lakton traduisit et termina par ces mots :

— Ménèktou connaissait seul la seconde issue permettant de quitter la Vallée Heureuse. Il a dû trébucher en installant la bombe et choir dans le cratère... Eloignons-nous le plus rapidement possible !

Sans plus s'occuper de Morkos frappé du châtiment qu'avait mérité son action criminelle, Lakton et les explorateurs détalèrent à toutes jambes en direction de la cité. Tout en courant, Lakton exposa un plan de fuite en quelques phrases hachées.

— Nous ne savons pas quand explosera la bombe et nous ne pouvons plus tenter de la désamorcer ; il ne nous reste donc qu'une solution : fuir vers le nord de la vallée, en direction des marécages qui défendent le labyrinthe. Nul ne sait où mène ce dédale inexploré... Peut-être est-ce un cul-de-sac ? Mais peut-être aussi est-ce une voie aboutissant aux glaces de la banquise ? J'ai tendance à le croire, car une vieille inscription, découverte sur un bas-relief datant de l'établissement de nos ancêtres dans cette vallée, porte ces mots : *Terrasse les dragons et tu verras Timko dans toute sa splendeur.*

« Timko, tu ne l'ignores pas, Kary, est le

soleil. Quant aux fameux dragons, ce sont vraisemblablement les monstres que l'on dit pulluler dans le mystérieux labyrinthe, non loin des marécages pestilentiels. Sans doute existe-t-il, au-delà de cette zone interdite, un passage ouvert sur le Monde Extérieur !

« Les dangers qui nous attendent sont à coup sûr effroyables, mais en restant ici, c'est la mort certaine qui nous guette...

Quand ils pénétrèrent dans le Temple Sacré, sans transition marquée par rapport à la nuit, l'aube teintait les bâtiments rougeâtres d'une discrète touche rosée. Le soleil de minuit, qui ne s'était évidemment pas couché, poursuivait sa course uniforme au-dessus des crêtes drapées dans un manteau de brume.

Lakton s'engouffra dans la pièce qui abritait la génératrice fournissant le courant à la ville et actionna les sirènes qui mugirent lugubrement pendant une minute. Ceci fait, il s'installa devant le pupitre chromé d'un poste émetteur et, au micro, il lança ce message qu'allaient diffuser de nombreux haut-parleurs dispersés dans la vallée :

— Fils d'Atlantis ! Abandonnez vos demeures. Notre Vallée tout entière va sauter d'une minute à l'autre par la faute de Ménèktou. La Gueule de Feu va détruire la cité dans une éruption gigantesque. Prenez des vêtements chauds et quelques vivres, dirigez-vous sans retard vers le nord de la vallée... Je dis bien le nord... *en direction de la zone interdite.*

« Ne perdez pas un seul instant ! Votre salut dépend de votre promptitude. Si vous restez chez vous, chaque minute d'hésitation vous rapproche d'une mort effroyable ! Nous prenons les devants... Que ceux qui sont prêts partent immédiatement.

***

Tandis que leurs compagnons les devançaient, Kariven, Lwinha et son frère gagnaient précipitamment le palais. Ils y trouvèrent le vieux Poklos, que deux Atlantes avaient aidé à s'asseoir sur le fauteuil roulant. A la jeune fille, à son frère et ses amis qui le suppliaient de fuir avec eux, il opposa la plus farouche résistance :

— Non, amis. Je me dois de rester ici tant que le dernier habitant n'aura pas quitté les murs de la cité. Ensuite seulement je vous rejoindrai. Mes fidèles serviteurs refusent de partir. L'évacuation terminée, ils m'accompagneront et nous fuirons ensemble.

Lwinha, en pleurs, cacha son désarroi dans les bras du vieillard.

— Va, Lwinha, murmura-t-il au comble de l'émotion. Et laisse le vieux Poklos accomplir son destin.

Caressant les cheveux de la jeune fille en sanglots penchée sur son épaule, il demanda doucement :

— Serais-tu fière de moi si j'abandonnais le premier la cité de nos ancêtres ? En tant que

Chef de la communauté atlante, je donnerai sans arrêt les consignes de fuite. Mon grand âge...

Il ne voulut pas achever et se tourna vers Kariven :

— Je sais que vous veillerez sur Lwinha, Kary. Et Lakton ne l'ignore pas non plus. Allez, mes amis, ne regardez pas en arrière, l'avenir n'est déjà pas si sûr. Ne vous attendrissez pas sur mon sort... D'ailleurs, nous nous retrouverons vers le nord de la vallée... Maintenant, laissez-moi. Je vais reprendre les consignes de Lakton par mon émetteur personnel branché sur les haut-parleurs de la ville. Les Atlantes doivent être harcelés afin qu'ils se pressent... A bientôt...

Kariven entraîna Lwinha avec douceur. Ils n'étaient pas dupes de la belle assurance qu'affichait Poklos...

***

Une indescriptible cohue encombrait les rues de la cité, les vingt mille habitants de race rouge, hommes, femmes et enfants, se ruaient vers le nord. Sur leurs traits décomposés se lisait toute l'angoisse qu'avait fait naître en eux le cri d'alarme de Lakton.

Des vieillards et des malades, aidés par des bras plus robustes, se traînaient péniblement vers la zone interdite, vers l'inconnu, le mystère et la peur, mais aussi vers l'espoir. Des bruits fantaisistes couraient déjà parmi les fugitifs. Pour les uns, les marécages et les labyrinthes hantés de monstres n'étaient qu'un mensonge de plus attribué au perfide Ménèktou. Pour les autres, ces lieux sinistres et peuplés de légendes effrayantes n'étaient que l'antichambre de l'enfer.

Kariven, soutenant Lwinha qui pleurait silencieusement, avançait au milieu des Atlantes. Par groupes ou individuellement, valides, malades, ou infirmes à la marche hésitante, tous progressaient avec l'énergie du désespoir et se rapprochaient du champ électrifié qui barrait la vallée.

Au lointain, dans la ville aux trois quarts désertée, les haut-parleurs continuaient de diffuser les exhortations de Poklos.

Kariven, Lwinha et Lakton, arrivés les premiers avec les explorateurs qu'ils avaient rattrapés, se dirigèrent vers le bâtiment cubique renfermant le transformateur. Lakton pénétra dans le poste en béton et, rapidement, coupa tous les contacts amenant le courant à haute tension dans les câbles tendus entre les énormes piliers d'acier.

— Le courant ne passe plus, annonça le jeune prêtre-physicien en ressortant. Nous pouvons franchir sans crainte le réseau interrompu.

Avec une frénésie qui relevait presque de la démence, les Atlantes se ruèrent sur les câbles, les enjambant précipitamment à la suite des Blancs.

Le soleil éclairait parcimonieusement la vallée

dont les crêtes retenaient les nuages. Le paysage changeait peu à peu. Les grands arbres se raréfiaient pour être remplacés par des touffes de végétaux poussant, çà et là, sur des éminences de terrain.

Les fugitifs commençaient à présenter des signes de fatigue.

— A ton avis, Lakton, la fin de la vallée est à combien d'ici ?

— Personne ne le sait avec précision, Kary, avoua le prêtre, perplexe. Un sondage par échos radar fut un jour pratiqué et donna seize kilomètres, à partir du temple. Le champ électrifié étant à quatre kilomètres de la pyramide, nous devons donc parcourir encore douze kilomètres...

— Douze kilomètres ! s'exclama Kariven. Nous ne pourrons pas faire ce chemin sans nous reposer. Les femmes et les enfants, sans parler des impotents, sont très fatigués. Et nous n'avons pas fait cinq kilomètres !

— Il faut pourtant marcher sans arrêt pour mettre entre nous et la bombe la plus grande distance possible. Nous ignorons quand elle explosera. Peut-être nous pressons-nous inutilement, peut-être serons-nous pulvérisés avant une heure ? Il n'est donc pas question de faire halte.

S'ils avaient su qu'en plus de ce danger, le dispositif destructeur qui devait liquéfier la calotte glaciaire était déjà amorcé, ils auraient probablement abandonné tout espoir !

Les Atlantes, avançant de front sur une ligne de trois à quatre cents individus, pataugeaient maintenant dans un terrain détrempé. La rivière obliquait vers la droite pour aller se perdre dans une large faille horizontale, au pied de la falaise.

Soudain, un appel au secours retentit. Un groupe d'Atlantes, en courant, venait de s'enfoncer dans les marécages fluides.

Les malheureux, au nombre d'une dizaine, se débattaient en hurlant. Ils s'enlisaient avec une rapidité inouïe. Toute l'avant-garde des fuyards s'était arrêtée, horrifiée.

Quelques bras secourables se tendirent vers les personnes en difficulté. Trois d'entre elles s'agrippèrent avec l'énergie du désespoir aux mains tendues, mais sept autres disparurent. Leurs appels déchirants s'étranglèrent dans leur gorge envahie par les sables mouvants.

La boue verdâtre atteignit leurs yeux révulsés, les recouvrit, monta jusqu'à leur front, submergea leurs cheveux. Dans un sursaut d'agonie, une face congestionnée ressortit, l'espace d'une seconde, puis coula lentement pour ne plus reparaître. La surface du marécage reprit alors son apparence traîtresse de solidité.

— Tous sur la gauche, le long de la falaise ! cria Lakton.

Effectivement, au bas de la montagne abrupte, les éboulis et la rocaille formaient une berge de quatre ou cinq mètres de large où il devenait possible de marcher à pied sec.

Lakton, Kariven, Lwinha et les explorateurs

empruntèrent cette étroite plate-bande accidentée. Par son exiguïté, et considérant le nombre des fugitifs, elle allait sérieusement freiner leur avance.

Pendant deux heures, la fuite éperdue se poursuivit, durant laquelle une vingtaine d'Atlantes glissèrent et disparurent à jamais dans les sables mouvants.

A huit cents mètres vers le nord, de curieux monticules de terre, hauts de deux à trois mètres environ, s'érigeaient en grand nombre, à tel point qu'en profondeur, ils s'étendaient à perte de vue et semblaient former un tertre compact. Eloignés les uns des autres de un à trois mètres approximativement, ces monticules couverts d'une abondante végétation constituaient un véritable dédale. Certains de ces tumuli se touchaient presque, d'autres aboutissaient à une impasse.

— Le Labyrinthe ! s'écria Lakton. Les trois survivants qui, au siècle dernier, revinrent de l'unique exploration en ces lieux inconnus, appelèrent cette partie de la vallée : *Le Val du Diable*... Ils étaient fous, mais je conçois fort bien qu'un endroit pareil ait pu être baptisé ainsi. C'est particulièrement sinis...

Il n'acheva pas. Un cri terrifiant, tenant à la fois du barrissement de l'éléphant et du rugissement du tigre, emplit l'air et se répercuta dans la vallée encaissée. Au milieu des marécages, une forme verdâtre, longue de trente mètres et large de cinq, bougeait lentement. Tapie dans la boue, elle avait échappé aux regards.

Soudain, la bête dressa son cou au-dessus des marais, un cou de huit mètres terminé par une tête énorme dont les yeux écarlates fixaient les Atlantes paralysés de frayeur.

Son corps, bardé d'écailles vertes, dressé sur de courtes pattes trapues, se souleva et avança avec lenteur vers les fugitifs.

Un second barrissement fusa de sa gueule carminée d'où, par moment, sortait une énorme langue fourchue. Des canines recourbées grandes comme des sabres retroussaient les babines supérieures du monstre.

Sa longue queue battit nerveusement les marais glauques, déplaça deux gerbes de boue noirâtre.

Puis le monstre chargea, cou en l'air, gueule ouverte, crocs en avant.

Glacée d'effroi, incapable de faire un mouvement, la majeure partie des Atlantes resta figée contre la paroi rocheuse. Des hommes et des femmes obéissant à une panique démentielle s'enfuirent en courant pour s'enliser, un peu plus loin, dans les sables mouvants.

L'horrible créature se rua contre la falaise, balaya les premiers Atlantes d'un violent coup de tête et redressa son long cou.

Dans sa gueule moussante de bave brune, une jeune femme transpercée de part en part par ses canines acérées poussa un cri et mourut les reins brisés, le thorax défoncé.

Sans s'être concertés, les explorateurs et ceux qui les environnaient se jetèrent à plat ventre et braquèrent leurs armes contre l'assaillant.

Des centaines de décharges qui auraient été fatales pour un être humain frappèrent le corps luisant du monstre.

La bête hideuse, d'un coup de mâchoires, coupa le cadavre de la jeune fille en deux et poussa un hurlement de colère. Elle se recula avec lenteur en grondant comme un tonnerre effroyable.

Sans arrêt, les tubes électrocuteurs et les fusils à rayons gamma crachaient leur foudre crépitante qui allait claquer sur la carapace verdâtre, mais ces armes n'avaient pas la moindre efficacité contre cet être d'épouvante. Le monstre s'éloigna jusqu'au milieu du marécage, là où les tubes électrocuteurs ne pouvaient plus l'atteindre, puis il épia ses futures proies en balançant son long cou.

— Tous vers le labyrinthe ! ordonna Lakton en bondissant à grandes enjambées, suivi par les explorateurs qui, malgré la panique, avaient eu la chance de retrouver leurs jeunes amies atlantes.

Alors qu'ils s'engageaient dans le dédale, les marécages entiers semblèrent s'animer. Cinq monstres identiques au premier sortirent des sables mouvants, s'ébrouèrent et, pesamment, ils s'élancèrent à la poursuite des fuyards en barrissant.

Kariven et les membres de la mission polaire

restèrent prudemment groupés afin de ne pas être séparés dans le labyrinthe.

Lorsqu'ils se retournaient, ils apercevaient avec horreur le long cou des monstres plongeant entre les monticules. Dans leur gueule, ces bêtes infernales ramenaient toujours un Atlante qui se débattait inutilement avant d'être broyé par leurs puissantes mâchoires.

Peu à peu, les tertres perdaient leur revêtement végétal. Le terrain devenait rocailleux, désertique.

Tout à coup, alors qu'ils s'engageaient dans un étroit corridor de terre, les explorateurs entendirent, tout proches, des barrissements lugubres. Comme un seul homme, ils se jetèrent à plat ventre.

Un long cou verdâtre se balança une seconde au-dessus d'eux, puis il plongea. Mais l'étroitesse du couloir ne laissa pas passer la tête. La bête renifla. De sa gueule s'écoulait une bave brune qui éclaboussa Kariven, Lwinha et Lakton.

Voyant qu'il ne pouvait atteindre ses proies, le saurien géant agrandit le passage à coups de pattes. La terre volait de tous côtés et retombait en pluie sur les explorateurs.

— Tirez ! Visez les yeux ! cria Kariven, allongé sur le dos, en épaulant son fusil à rayons gamma.

Un faisceau d'ondes fulgurantes frappa la tête du monstre. Son long cou se détendit en arrière comme un ressort. Aveuglé, l'animal poussa un hurlement diabolique. Sans plus attendre, Kariven et ses compagnons reprirent leur course... pour aboutir à un cul-de-sac. Ils rebroussèrent chemin, bifurquèrent et coururent de nouveau, haletants et à demi épuisés par la fatigue et la faim.

— On n'entend plus les dragons ! s'étonna Lwinha en s'arrêtant une seconde pour souffler.

Lakton et Kariven échangèrent un regard significatif.

— Et l'on n'entend pas davantage le gros de la population, ajouta Kariven pessimiste. Les groupes d'Atlantes n'arrivent plus régulièrement derrière nous...

— Les monstres ont dû se coucher sur les monticules formant le labyrinthe... et obstruer la majorité des couloirs, émit Lakton. Par cette manœuvre, ils ont coupé la retraite aux malheureux qui doivent périr par milliers sous leurs crocs !

— Certains Atlantes sont armés de tubes électrocuteurs. Ils tenteront de se dégager... Nous ne sommes ici qu'une trentaine à être armés. Ce n'est pas avec ça que nous pourrions sauver près de quinze mille personnes. Nous devons ou continuer, pour conserver une chance de nous en sortir, ou revenir sur nos pas et mourir avec ceux que les sauriens vont dévorer...

— Il y aussi la bombe, rappela sourdement Maoloa. Un cruel dilemme se posait, qui mettait leur esprit à la torture.

— Avançons ! décida Lakton. Nous ne pouvons vraiment plus rien pour nos infortunés compatriotes. Tout au plus pourrions-nous retarder l'heure de leur mort... avant de partager leur sort.

Après une nouvelle heure de marche — *il y avait bientôt cinq heures que la bombe était amorcée* — ils sortirent du labyrinthe. Devant eux se dressait une paroi rocheuse à pic ne laissant aucun espoir d'escalade.

La Vallée Heureuse finissait dans une impasse !

Un immense découragement frappa les fugitifs. Par petits groupes, les Atlantes continuaient d'arriver, mais la plupart étaient restés en arrière. Peut-être auraient-ils rebroussé chemin, préférant la mort par la bombe thermique plutôt que de servir de pâture aux dragons ? Soudain, un Atlante poussa une exclamation de surprise.

Dans les rochers, presque au ras du sol, béait un trou noir.

Kariven et le jeune prêtre, pleins d'espoir, allèrent se rendre compte.

L'étroit orifice fut éclairé avec les tubes luminescents qu'ils avaient conservé.

— Une grotte !

Un à un les explorateurs et les Atlantes récemment arrivés s'infiltrèrent dans le réduit obscur. Faiblement éclairée par neuf modestes torches, la troupe s'avança prudemment dans la caverne dont le plafond se relevait insensiblement.

Passant entre les draperies de stalactites, contournant des concrétions calcaires et des cuvettes où gargouillaient des sources d'eaux minérales chaudes et gazeuses, ils marchaient au hasard.

Tout à coup, une effroyable détonation retentit. Bien qu'assourdie par la distance et par la masse rocheuse qui formait écran, elle sembla avoir claqué à quelques mètres à peine.

— La bombe thermonucléaire ! cria Kariven en serrant Lwinha dans ses bras.

Zilna et Maoloa s'étaient blotties tout contre Burton et Mc Murray.

La caverne vibra, les parois rocheuses se lézardèrent et, dans un vacarme épouvantable, d'énormes stalactites tombèrent sur les rescapés...

***

Au-dehors, la terre tremblait.

Tel un phare de mort, les vestiges du volcan situé au sud de la Vallée Heureuse grondaient en évacuant des torrents tumultueux de lave en ignition. De la Gueule de Feu pulvérisée par la fantastique explosion, il ne restait qu'un immense gouffre incandescent surmonté d'un formidable champignon de fumée rose, verte et rouge.

Haute de quatre-vingts mètres, une couronne de matériaux fumants où s'accumulait la lave bouillonnante avait fait place au cratère. De terrifiantes gerbes de scories brûlantes mêlées aux blocs de rochers dévalaient la pente de ce cirque et roulaient parfois jusque dans la rivière.

A la deuxième secousse sismique, la fière cité atlante s'effondra et s'abima dans une crevasse géante. Le Temple Sacré et tous les vestiges de la ville furent démantelés et s'enfoncèrent dans la faille insondable.

Poklos avait péri avec sa ville, comme un commandant de navire coulant jadis avec son bâtiment après l'évacuation des passagers.

Le volcan, réduit à un cirque de cent mètres de rayon, eut encore quelques soubresauts puis, brutalement, il explosa une seconde fois.

Les montagnes qui encadraient la Vallée Heureuse, déjà ébranlées par la bombe thermique, commencèrent alors à se disloquer. De leurs cimes, des milliers de tonnes de glace s'abattirent. Mais sous l'épouvantable chaleur dégagée par la réaction atomique cette glace se sublima instantanément.

En une seconde, la rivière fut vaporisée.

C'est alors que, soulevées par le magma des couches sous-jacentes de l'écorce terrestre secouée par l'explosion atomique, les deux chaînes de montagnes parallèles s'écroulèrent dans un cataclysme titanesque.

En vingt secondes, la Vallée Heureuse fut comblée.

Le paysage présentait une vision de fin du monde. Une étendue de rocs fumant où fondaient les glaces des sommets effondrés avait pris la place de la vallée fertile. Les nuages, que ne retenaient plus le microclimat de l'oasis, furent balayés par un cyclone.

Le champignon radioactif issu de l'explosion nucléaire s'étira lentement vers le nord-nord-ouest, à très haute altitude, dans l'atmosphère troublée.

A l'horizon, apparut peu à peu le morne plateau polaire couvert de glace. En l'espace d'une heure, une pluie diluvienne tomba en trombe continue sur ce décor lugubre.

Quand la pluie cessa, le merveilleux climat de la Vallée Heureuse avait fait place aux tourmentes de neige agitées par le blizzard glacé.

Les descendants des Atlantes — ceux dont parlait Poklos, et qui descendaient eux-mêmes des Martiens émigrants de l'espace — avaient péri comme leurs ancêtres, engloutis dans le cataclysme.

Le Dieu Paahl n'avait-il pas menacé de ses foudres la communauté atlante qui tenterait un jour d'abandonner la Vallée Heureuse ? La menace prophétique s'était réalisée. Etrange connexion des croyances et des légendes avec la cruelle réalité.

L'Atlantide s'était abîmée dans les flots, la Vallée Heureuse venait d'être engloutie par le feu et la terre... Et dans une heure, ce serait la presque totalité du continent antarctique qui subirait semblable catastrophe.

***

Les explorateurs et leurs jeunes protégées, adossés à la paroi de la caverne dont le plafond s'écroulait en une cascade de rocs, attendaient la mort, non pas avec résignation mais la rage au cœur.

Ne seraient-ils arrivés au sein de la montagne qui marquait la frontière naturelle entre le Monde Oublié et le Monde Extérieur que pour y être ensevelis ? Avoir échappé à tant de périls et se voir enterrés vivants, si près de la liberté, était vraiment stupide et motivait leur révolte impuissante.

Acculés au mur de roche luisant d'humidité, ils fermaient à demi les yeux, aveuglés par la poussière et lapidés par des pierres aux arêtes tranchantes.

Un choc, le plus sinistre de tous, fit résonner les parois de la grotte. Soudain, le jour entra à flots par une énorme faille qui venait de s'ouvrir dans ce qui restait du plafond. Des paquets de neige glissaient dans cette crevasse et aspergeaient les rescapés.

La terre trembla à plusieurs reprises. Des grondements lointains arrivaient aux oreilles des survivants, qui n'étaient plus que dix-neuf.

Kariven leva prudemment les yeux et vit une portion de ciel à travers une faille large d'un mètre. Criant pour se faire entendre, le médecin appela un par un ses compagnons.

Lakton, Burton, Zilna, Mc Murray et six membres de la mission polaire répondirent. Huit Atlantes, dont sept jeunes filles et un homme, répondirent aussi à l'appel de Lakton. Les autres avaient péri, écrasés sous la chute des rochers ou des stalactites.

Mac Murray, accroupi sur le sol, trempait son mouchoir dans une excavation où gargouillait une source. Il lava ensuite la plaie qu'une arête rocheuse avait provoquée au front de Maoloa. La jeune fille revenait progressivement de son évanouissement. Sa blessure n'était pas profonde et la perte de sang avait été minime.

Quand les secousses telluriques cessèrent et que seul un grondement sourd persista, les survivants décidèrent de tenter l'escalade.

Au prix d'efforts soutenus, ils grimpèrent sur l'amas de rochers encore branlants et purent atteindre la crevasse par où filtrait le jour. Ils s'y engagèrent successivement, l'un après l'autre. Par moments, ils rampaient à plat ventre sur une pente terriblement inclinée. Parfois même, ils devaient s'arc-bouter, le dos contre une paroi, les pieds contre l'autre, pour faire l'ascension d'une cheminée verticale.

Maoloa, affaiblie et souffrant de sa blessure, dut être tirée par Mc Murray et Lakton.

Epuisés, les rescapés émergèrent enfin sur un plateau couvert de glace. Les plaintes lugubres du blizzard accompagnaient des tourbillons de fines particules blanches.

Les jeunes Atlantes, à demi nues et grelottantes, devinrent olivâtres.

Un peu mieux vêtus, les explorateurs ne conservèrent que pantalon et chemise afin de couvrir leurs compagnes de leurs blousons en nylon. Talonnés par les monstres ou au cours du cataclysme, ils avaient perdu les chauds vêtements prévus pour l'évacuation.

— Groupons-nous immédiatement ! ordonna Kariven. Les femmes au milieu et les hommes autour d'elles. Serrez-vous étroitement les uns contre les autres en marchant. Faites vite ! Si nous nous arrêtons ou si nous restons immobiles, c'est la mort sans phrase !

Derrière eux, les dernières ondes telluriques achevaient de combler la vallée dite « Heureuse » naguère. Une brume dense enveloppait les blocs erratiques dressés dans la plaine à l'emplacement de la cité ensevelie. Les rescapés, exténués, transis, à la limite de leurs forces, n'avançaient plus qu'avec une extrême lenteur. Les jeunes filles, tremblantes, serrées par leurs compagnons, avaient pieds et mains insensibilisés par le froid. Encore quelques heures de ce régime et, si elles n'en mouraient pas, leurs membres gelés devraient être amputés !

Vacillants, trébuchants, ils s'ébrouaient à tous moments pour rejeter la neige qui tombait dru sur leurs têtes et sur leurs épaules.

Soudain, un ronflement domina la tourmente. Les explorateurs, le cœur battant à tout rompre, reconnurent ce bruit familier.

— Le Sea Knight, exulta Mc Murray qui, sans voir l'hélicoptère à réaction dont il était le pilote, avait parfaitement reconnu le sifflement caractéristique de ses pales.

— Deux hélicos ! rectifia Kariven en prêtant l'oreille aux grondements qui se rapprochaient.

« Probablement alertés par l'explosion nucléaire qui avait précédé le tremblement de terre, les hélicoptères de la mission franco-américaine arrivaient », songeaient les deux hommes en frémissant.

En réalité, les deux appareils devaient filmer les explosions atomiques qui allaient bientôt pulvériser la banquise, et ils patrouillaient dans la région en attendant l'heure H. La déflagration et la lueur aveuglante de cette explosion « non prévue au programme » les avaient attirés. Ils passèrent en vrombissant au-dessus des naufragés des glaces, qui hurlaient en gesticulant, et poursuivirent leur vol en direction des montagnes effondrées.

— Ils ne nous ont pas vus ! se désespéra Mc Murray, les larmes aux yeux.

Dans le ciel bas et gris, les hélicoptères amorcèrent un virage et, perdant de l'altitude, ils revinrent en arrière.

— Si ! hurla Kariven en agitant frénétiquement les bras.

Les appareils plafonnèrent au-dessus d'eux, se balancèrent doucement puis descendirent à la verticale. Ils se posèrent un peu plus loin sur leur train d'atterrissage monté sur skis. Les portières coulissantes s'éclipsèrent dans le fuselage.

Deux hommes, vêtus de la lourde combinaison noire chauffante, sautèrent à pieds joints sur la glace et coururent vers les rescapés.

— Vous... vous n'étiez donc pas ensevelis dans le couloir de glace bleue ? balbutia l'un d'eux.

Kariven, en leur serrant la main avec effusion, voulut parler, mais l'émotion était trop forte. Il ne put émettre qu'un gargouillement étranglé. Il se retourna et, prenant Lwinha dans ses bras, il l'embrassa avec fougue, imité par Burton et Mc Murray qui étreignaient Zilna et Maoloa.

Les deux pilotes, médusés par la présence de ces « Indiens de l'Antarctique », firent monter à leur bord les rescapés et leur distribuèrent les couvertures dont ils disposaient. Voyant encore deux jeunes filles à peu près nues, les aviateurs abandonnèrent leurs vêtements pour les leur donner. Puis, en caleçons longs, ils grimpèrent prestement dans leur cabine !

Spectacle du plus haut comique, n'eût été le tragique de la situation car, sept minutes plus tard exactement, les bombes atomiques allaient exploser !

Les hélicoptères décollèrent à la verticale et, plein gaz, mirent le cap vers la côte afin de filmer la plus grande catastrophe provoquée intentionnellement par l'homme pour combattre les forces hostiles de la Nature.

D'une poche du blouson passé à sa compagne, Kariven retira son ultime paquet de cigarettes MS : il n'en restait que trois, en piteux état, qu'il partagea avec Burton et Mc Murray.

— H moins vingt secondes, annonça le pilote.

Tous se penchèrent vers les hublots...

Déjà, dix mille mètres plus bas, une hallucinante déflagration ébranlait la calotte glaciaire. Dans un fracas apocalyptique, les millions de tonnes de glace qui perturbaient la rotation terrestre se transformaient en vapeur et en liquide.

La banquise géante et les contreforts multimillénaires se disloquaient ou se sublimaient, soulevant la mer à une hauteur prodigieuse et créant des remous titanesques. Sur toute la périphérie de l'Antarctique, la même scène dantesque se répéta, faisant monter le niveau de la mer et provoquant un fantastique raz de marée qui, inexorablement, irait raser le continent sud-africain et ses villes maintenant désertes, ainsi que la Patagonie.

L'expérience avait été concluante. Le dangereux contrepoids formé par la banquise géante étant détruit, la Terre poursuivrait normalement son éternelle ronde autour du soleil.

L'humanité était sauvée.

Dans le ciel obscurci par les nuées des monstrueux champignons atomiques, deux points minuscules — les Sea Knight et l'US Navy — s'enfuyaient « tranquillement » vers Santiago-du-Chili. Là, un jet emmènerait bientôt les rescapés du Monde Oublié vers la civilisation et la liberté qu'ils avaient bien cru ne plus revoir jamais...

Ne manquez pas de suivre la croisade meurtrière de Mack Bolan, surnommé

L'EXECUTEUR

Parce que sa mère, son père et sa sœur ont été victimes de la Mafia, l'Exécuteur, poussé par une haine qui jamais ne s'éteindra, lui déclare une guerre implacable. Sa vengeance est simple et féroce. Tuer, tuer, tuer... Mais la puissante organisation riposte sans merci.

Titres déjà parus :

N° 1 : GUERRE A LA MAFIA
N° 2 : MASSACRE A BEVERLY HILLS
N° 3 : LE MASQUE DE COMBAT
N° 4 : TYPHON SUR MIAMI
N° 5 : OPÉRATION RIVIERA
N° 6 : ASSAUT SUR SOHO
N° 7 : CAUCHEMAR A NEW YORK
N° 8 : CARNAGE A CHICAGO
N° 9 : VIOLENCE A VEGAS
N° 10 : CHÂTIMENT AUX CARAÏBES
N° 11 : FUSILLADE A SAN FRANCISCO
N° 12 : LE BLITZ DE BOSTON
N° 13 : LA PRISE DE WASHINGTON
N° 14 : LE SIÈGE DE SAN DIEGO
N° 15 : PANIQUE A PHILADELPHIE
N° 16 : LE TOCSIN SICILIEN
N° 17 : LE SANG APPELLE LE SANG
N° 18 : TEMPÊTE AU TEXAS
N° 19 : DÉBÂCLE A DÉTROIT
N° 20 : LE NIVELLEMENT DE NEW ORLÉANS
N° 21 : SURVIE A SEATTLE
N° 22 : L'ENFER HAWAIIEN
N° 23 : LE SAC DE SAINT LOUIS
N° 24 : LE COMPLOT CANADIEN
N° 25 : LE COMMANDO DU COLORADO
N° 26 : LE CAPO D'ACAPULCO
N° 27 : L'ATTAQUE D'ATLANTA
N° 28 : LE RETOUR AUX SOURCES
N° 29 : MÉPRISE A MANHATTAN
N° 30 : CONTACT A CLEVELAND
N° 31 : EMBUSCADE EN ARIZONA

Achevé d'imprimer en janvier 1981
sur les presses de l'Imprimerie Bussière
à Saint-Amand (Cher)

— N° d'édit. 10780. — N° d'imp. 2648. —
Dépôt légal : 1er trimestre 1981.
Imprimé en France